국어 교과서가 사랑한
중학교
소설 읽기

중 **2** 둘째 권

국어 교과서가 사랑한
중학교 소설 읽기 : 중2 둘째 권

초판 1쇄 • 2019년 3월 5일
초판 6쇄 • 2024년 4월 22일

엮은이 | 전국국어교사모임(강양희, 강현, 김상용, 김연주, 김중수, 김지령, 안용순, 윤기자)
펴낸이 | 송영석

개발 총괄 | 정덕균
기획 및 편집 | 조성진, 김형국, 박수희, 조유진, 이진화
마케팅 | 이원영, 최해리
도서 관리 | 송우석, 박진숙
표지 디자인 | 해냄출판사 디자인실(박윤정, 김현철)
본문 디자인 | 디자인몽클
일러스트 | 양경미

펴낸곳 | (주)해냄에듀
신고번호 | 제406-2005-000107
주소 | 서울특별시 마포구 잔다리로 30 해냄빌딩 3, 4층
전화 | 02)323-9953
팩스 | 02)323-9950
홈페이지 | http://www.hnedu.co.kr

ISBN 978-89-6446-167-9 44810

• 파본은 본사나 구입하신 서점에서 교환하여 드립니다.

국어 교과서가 사랑한

중학교 소설 읽기

중 2 둘째 권

전국국어교사모임 엮음

📖 국어 교과서가 사랑한 소설들을 엮으며

우리말을 다 아는데 국어를 왜 배우느냐고 질문하는 학생들이 있습니다. 우리는 왜 우리말과 우리글을 배울까요? 왜 소설을 읽을까요? 우리는 문학을 통해 말과 글의 아름다움을 느낄 수 있고, 경험하지 못한 또 다른 넓은 세상을 만날 수 있습니다. 소설 속에는 다양한 사람들이 살고 있고 그들을 통해 인간이 겪는 다채로운 갈등과 삶에 대해 이해할 수 있습니다. 소설은 이야기를 담고 있어서 읽기만 해도 저절로 재미를 느낄 수 있고, 작가의 치밀한 계산 아래 등장하는 인물들의 생각과 행동을 통해 지혜로움과 생각하는 힘을 기를 수 있습니다. 기사문이나 실용적인 글에서는 만날 수 없는 아름답고 감성적인 표현을 통해 읽는 이의 감성도 풍요로워지는 것은 덤입니다. 청소년기에 좋은 소설을 읽는 것이 꼭 필요한 것은 이런 이유들 때문입니다.

그렇다면 중학교 국어 교과서에는 어떤 소설들이 실려 있을까요?

이 책에 실린 소설은 '2015 개정 교육과정'에 따른 중학교 2학년 국어 교과서 9종에 실린 작품 가운데 우리가 꼭 읽어야 할 작품을 가려 뽑은 것입니다. 학생들이 어떤 소설에 열광하고 어떤 작품을 지루해하는지 가장 잘 아는 선생님들, 어떻게 하면 학생들이 소설을 즐겁게 만날 수 있을까를 고민하는 중학교 국어 선생님들이 모여서 선정했습니다. '교과서가 사랑한 중학교 소설'이란 여러 번의 교과서 개정이 있었음에도 꾸준히 교과서에 실린 작품, 시대의 변화에 맞추어 새롭게 교과서에 실려 주목을 받고 있는 작품일 것입니다.

그러나 교과서에 실리지 못한 훌륭한 소설들도 많습니다. 중학교 국어 교과서에는 실리지 않았지만 우리가 꼭 읽어야 할 소설에는 어떤 것이 있을까요? 주제와 소재가 참신하고 문학성이 매우 뛰어남에도 교과서 지면의 한계로 인해 교과서에 실리지 못한 작품들이 있습니다. 우리가 중학교 때 꼭 읽어야 할 소설들을 고를 때에는, 이러한 소설까지도 포함시켜야 합니다. 이 책에서는 중학교 국어 교과서에 실린 소설들뿐만 아니라, 교과서에 실리지 않았지만 교과서가 눈여겨보고 있는 소설들까지 다루고 있는 것이 장점입니다.

소설 본문 뒤에는 작품의 내용을 확인하는 활동, 생각을 깊게 할 수 있는 질문, 다르게 생각해 보는 활동들을 마련했습니다. 소설 이해에 도움이 되는 해설을 덧붙여 혼자 힘으로도 소설 공부를 할 수 있도록 했습니다. 제한된 지면 너머로 생각을 넓히기 위해 함께 읽으면 좋을 작품들도 소개하였습니다.

조심스럽게 이 책의 특징으로 내세울 수 있는 또 한 가지는, 우리 민족의 반쪽인 북한 국어 교과서(초급중학교 국어 교과서)의 소설들을 함께 실었다는 것입니다. 북한의 중학생들이 배우는 소설과 활동들을 살펴보는 것은, 미래의 통일 세대가 될 청소년들에게 매우 의미 있는 일이 될 것입니다.

전국국어교사모임은 다양성 시대, 통일 시대를 살아가는 청소년들에게 추천할 만한 소설들을 모아, 나의 삶에서 시작하여 우리 모두의 삶까지 같이 고민하는 자리를 만들고자 『중학교 소설 읽기』 시리즈를 엮었습니다. 소설이 주는 재미, 다양한 삶을 만나는 감동, 스스로 공부하는 즐거움. 이 세 마리 토끼를 모두 잡을 수 있기를 바랍니다.

• 『중학교 소설 읽기』 시리즈 집필자들이 •

 차례

국어 교과서가 사랑한 소설들을 엮으며 • 4

\ 박완서, 「달걀은 달걀로 갚으렴」 • 9

\ 현진건, 「운수 좋은 날」 • 31

\ 성석제, 「내가 그린 히말라야시다 그림」 • 53

\ 김려령, 「완득이」 • 83

\ 작자 미상 / 신동흔 풀이, 「흥부전_이 박을 타거들랑 밥 한 통만 나오너라」 • 103

\ 박지원 / 박희병·정길수 옮김, 「양반전」 • 125

\ 엘비라 린도 / 김수진 옮김, 「돌이킬 수 없는 실수」 • 137

\ 박경희, 「류명성 통일빵집」 • 149

\ 라도향, 「행랑 자식」 • 177

작품 출처 • 195

작품 수록 교과서 • 196

활동 예시 답안

| 일러두기 |

- 이 책에 실린 교과서의 소설들은 2015 개정 교육과정에 따른 중학교 국어 2-1과 2-2 교과서 9종에 실린 작품들입니다. 각 작품이 실린 교과서는 이 책의 맨 뒤에 있는 '작품 수록 교과서'를 참고하시기 바랍니다.
- 이 책에 실린 북한 교과서 소설은 어휘와 띄어쓰기 등 북한 교과서의 표기를 그대로 따랐습니다. 북한 교과서 소설의 활동하기 부분에 제시한 '북한 교과서 활동 보기' 역시 마찬가지입니다.
- 이해하기 어려운 어휘는 풀이를 달았습니다. 특히 북한 소설에 쓰인 어휘 중 남한에서 잘 사용하지 않는 것은 그에 해당하는 남한의 어휘를 같이 보여 주었습니다.
- 본문의 작품에 따른 '활동하기'에 대한 예시 답안은 이 책의 맨 뒤에 분리가 가능하도록 제작하였으며, 해냄에듀 홈페이지(http://www.hnedu.co.kr)를 통해서도 그 내용을 보실 수 있습니다.

달걀은 달걀로 갚으렴

박완서(1931~2011)

박완서 작가는 경기도 개풍(현재 황해북도 개풍군)에서 태어났습니다. 1970년 마흔이 되던 해, 장편 소설 「나목」이 공모전에 당선되어 작품 활동을 시작했습니다. 그의 작품에는 자신이 겪었던 전쟁의 비극, 소시민적 일상과 물질 중심주의, 여성 억압 문제를 다룬 것들이 많습니다. 우리 사회와 시대의 모습을 풍속화가처럼 그려 내면서도 풍요로운 언어를 사용하여 재미나게 이야기를 풀어 냈습니다. 「엄마의 말뚝」, 「미망」, 「그 해 겨울은 따뜻했네」, 「그 많던 싱아는 누가 다 먹었을까」, 「아주 오래된 농담」 등 많은 소설과 산문을 남겼습니다.

　밥반찬이 필요할 때 누구나 쉽게 할 수 있는 것이 바로 달걀 요리입니다. 이렇게 값싸고 흔한 음식 재료인 달걀의 몸값이 예전에는 어땠을까요? 하얀 쌀밥 위에 먹음직스럽게 올라가 있는 달걀프라이 도시락이 1960~70년대에는 부잣집 자제들이나 누릴 수 있는 호사였답니다. 도시가 아니라 닭을 직접 기르는 농촌 지역에서도 자기 닭이 갓 낳은 따끈따끈한 달걀에 손을 못 댈 정도로 귀한 존재였지요.

　이처럼 귀한 달걀을 얻으려고 암탉을 키우는 여동생이 있는데, 밤마다 닭을 노리는 오빠를 발견하고 기겁합니다. 닭을 잡아먹으려는 걸까요? 아니면 팔아 치우려는 걸까요? 그것도 아니라면 오빠에게는 어떤 사연이 숨어 있는 걸까요? 이제 소설을 읽으면서 그 궁금증을 하나하나 풀어 봅시다.

 나에게 매우 소중한 물건을 가족 중 누군가가 버리려 한다면, 이를 어떻게 설득해야 할까요?

달걀은 달걀로 갚으렴

• 박완서 •

새 학기가 되었습니다.

올해도 또 5, 6학년 담임이 된 문 선생님이 아이들한테 새 책과 암탉 두 마리씩을 나누어 주었습니다. 닭은 6학년 아이들한테만 나누어 주었습니다. 한 교실에는 5학년이 열일곱 명, 6학년이 열다섯 명에 닭 서른 마리가 합세를 하니 그 수선은 걷잡을 수가 없었습니다.

이제라도 곧 알을 낳을 수 있을 것같이 다 자란 흰 레그혼*이 푸드득푸드득 제대로 날지도 못하면서 날갯짓만 요란하게 하고 새 책에 똥을 깔기지 않나, 창가의 화분에서 고개를 내미는 새싹을 쪼아 먹지를 않나, 삽시간에 교실을 수라장으로 만들어도 아이들은 마냥 즐겁기만 합니다. 그 닭은 아이들이 푼푼이 모은 돈으로 산 닭이고, 곧 알을 낳기 시작할 테고, 그 알을 팔아 가을에 도시로 수학여행 가는 비용을 마련할 것이기 때문입니다.

그 일은 문 선생님이 생각해 내서 벌써 5년째나 계속하고 있는 일입니다. 그러니까 문 선생님이 우리나라에서 제일가는 이 산골 초등학교로 부임해 온 지도 5년이 되는 셈입니다. 이 산골 초등학교

---

* **레그혼** 닭의 한 품종으로, 원산지는 이탈리아이다. 흔히 달걀을 얻기 위해 기른다.

는 작은 것으로 우리나라에서 둘째가라면 서러워할 제일 작은 학교입니다.

교장 선생님이 한 분, 선생님이 세 분, 학생이 예순여섯 명입니다. 그러나 학생 수에 비해 넓은 운동장과 훌륭한 실습원과 아름다운 자연에 둘러싸여 있는 것으로는 아마 우리나라에서 제일가는 학교일 것입니다.

문 선생님은 부임하자마자 그 학교가 우리나라에서 제일가는 학교라는 것을 알았습니다. 아이들도 우리나라에서 제일가는 학교에 다니는 아이들다운 긍지를 갖도록 해야 할 것이라고 생각했습니다.

그래서 생각해 낸 것이 아이들이 스스로 여비를 벌어서 여행을 가게 하는 일이었습니다. 결코 여비를 못 대 줄 만큼 집이 가난한 아이들만 있어서가 아닙니다. 물 좋고 아름다운 산에 삼태기처럼 안긴 마을이라, 농토가 넓진 않아도 기름지고 가뭄을 타는 일이 없어 집집마다 먹고살 만은 했습니다.

돈은 좀 귀했습니다만, 아이들이 꼭 도시 구경을 하겠다면야 거둬 놓은 낟알이라도 팔아서 여비를 마련해 줄 만한 성의쯤은 집집마다 다 가지고 있었습니다.

문 선생님은 공부 잘하란 소리 대신에 닭 잘 기르란 소리만 한마디 해서 아이들을 일찍이 돌려보냈습니다. 문 선생님은 자기야말로 우리나라에서 제일가는 선생님이라는 자부심이 대단했습니다만, 닭하고 아이들하고 같이 가르칠 자신만은 없었습니다.

6학년의 다섯 명밖에 안 되는 여자애 중에서도 제일 키가 작은 귀염둥이인 봄뫼는 허리에 책보를 동여매고 닭은 양팔로 안았습니다. 부드러운 깃털 속에 손을 넣으니 따뜻한 체온과 심장 뛰는 것이 느껴집니다. 닭도 앞으로 닥칠 새로운 생활이 불안한가 봅니다.

봄뫼는 식구 중 누구라도 봄뫼의 암탉을 구박하면 가만있지 않겠다고 지레 벼르면서도 한편으로는 불안합니다. 봄뫼네는 일손에 비해 농사가 많고, 봄뫼 어머니가 유난히 깨끗한 것을 좋아해 닭을 한 마리도 치질 않습니다. 닭은 온종일 똥을 쌀 뿐더러, 쉬지 않고 주둥이로 뭐든지 버릇는* 고약한 버릇이 있어 채마밭이 남아나지 않는다는 것이 어머니가 닭을 싫어하는 이유였습니다.

그러나 작은 닭장이 하나 있긴 있습니다. 그것은 봄뫼 오빠인 한뫼가 만든 닭장입니다. 한뫼도 우리나라에서 제일 작고 제일 좋은 학교에서 제일가는 선생님한테 배웠기 때문에 6학년 때 두 마리의 닭을 기르지 않으면 안 되었습니다. 한뫼는 닭을 싫어하는 식구들 눈치가 보여 손수 닭장을 만들어서 닭을 가두어 길렀었습니다.

한뫼는 지금 읍내에 있는 중학교 2학년입니다. 읍내는 이 마을에서 20리나 되지만, 한뫼는 건강하기 때문에 아침저녁 잘 다닙니다.

봄뫼는 오빠의 닭장에서 닭을 기를 생각을 하니 여간 다행스럽지가 않습니다. 2년 전 오빠가 닭을 기를 때 알밤 맞던 생각이 나 저절로 키들키들 웃음이 나기도 합니다. 봄뫼는 오빠가 꼬박꼬박 모으는 달걀을 몰래 훔쳐서 삶아 먹고 들킬 적마다 알밤을 얻어맞고 굴뚝 모퉁이에서 울고 짜던 게 어제 일 같은데, 벌써 6학년이 되어 두 마리의 암탉 주인이 된 것입니다.

그때는 왜 그렇게 삶은 달걀이 먹고 싶었는지 암탉이 알 낳기 전 꼬꼬댁 꼬꼬댁 보채는 소리를 제일 먼저 알아듣고 암탉 곁에 지키고

• **버릇는** 파서 헤집어 놓는.

있다가, 냉큼 갓 낳은 따뜻한 달걀을 손에 넣기까지는 별로 어렵지 않았습니다. 그러나 그 달걀을 삶는 것이 문제입니다. 밥솥에 넣어 볼까, 국솥에 들여뜨려[•] 볼까, 밥 뜸 들이려고 괄한[•] 불을 긁어 낸 아궁이의 재 속에 파묻을까. 어느 것이나 다 쉬운 듯하면서도 몰래 하려니 어려워, 이 눈치 저 눈치 보며 쩔쩔매고 있는 사이에 한뫼의 다부진 알밤이 뒤통수에 두어 번 와 박히면 봄뫼는 눈물을 글썽이며 품 안에 감춘 달걀을 내어놓지 않으면 안 되었습니다.

그렇다고 한 번도 삶은 달걀을 못 먹어 본 것은 아닙니다. 여름밤 모닥불 속에 파묻었다가 알맞게 익었을 때쯤 살짝 꺼내어 시냇물에 식혀서 까먹은 달걀의 맛은, 너무 급히 먹느라 목이 메어 오랫동안 딸꾹질이 났다는 것밖에는 잘 생각나지 않습니다.

봄뫼는 닭장을 깨끗이 치우고 두 마리의 암탉을 넣어 주었습니다.

• **들여뜨려** 들어뜨려. 집어서 속에 넣어.
• **괄한** 불이나 탄 따위가 거칠고 거센.

그리고 한뫼가 학교에서 돌아오기를 기다렸습니다. 닭을 기르는 법도 배우고 자랑도 하고 싶어서입니다. 달걀 훔쳐 먹으면 가만 안 둘 거라고 제법 엄포를 놓을 생각도 합니다.

어둑어둑해서야 한뫼는 학교에서 돌아왔습니다. 중학교 2학년이 되더니 한뫼는 한층 의젓해졌습니다. 봄뫼는 이런 오빠가 속으로 은근히 자랑스럽습니다.

"오빠, 나 오늘 암탉 타 왔다."

봄뫼의 어리광 섞인 보고에 한뫼는 대답이 없습니다. 닭장 쪽을 거들떠도 안 봅니다. 아마 학교에서 기분 나쁜 일이 있었나 보다고 생각하면서도 봄뫼는 섭섭합니다.

"오빠 내 달걀 훔쳐 먹으면 가만 안 둘 거다, 알았지?"

"닭째 훔쳐 먹으면?"

뜻밖의 대답에 봄뫼는 깜짝 놀랍니다. 더욱 놀라운 것은 그 말을 하는 한뫼의 태도입니다. 조금도 농담을 하는 태도가 아닙니다. 반장 노릇할 때처럼 늠름하면서도 어딘지 쓸쓸해 보입니다. 참 이상합니다. 한뫼는 그 말만 하고 홱 돌아서 버렸기 때문에 봄뫼는 이상스럽게 여긴 것에 대해 따질 겨를도 없었습니다.

그날 밤, 봄뫼는 어슴푸레 잠이 들다 말고 푸드덕대는 닭의 날갯짓 소리와 다급한 비명 소리를 듣고 봉당●으로 뛰어나갔습니다.

한뫼가 양손에 하나씩 암탉의 날갯죽지를 잡고 우뚝 서 있었습니다. 저녁때 한뫼가 한 말은 정말이었던가 봅니다. 세상에 그렇게 치사한 오빠도 있을까요? 봄뫼는 노여움으로 목이 메고 손발이 떨립

● **봉당** 안방과 건넌방 사이의 마루를 놓을 자리에 마루를 놓지 아니하고 흙바닥 그대로 둔 곳.

달걀은 달걀로 갚으렴 • 박완서

니다.

　봄뫼는 크게 악을 써 집안 식구를 모두 깨워 동생 닭을 훔쳐 먹으려는 치사한 오빠의 모습을 보여 줘야겠다고 생각합니다. 그러나 봄뫼는 악을 쓰지 못합니다. 닭 도둑질하려는 사람치곤 한뫼의 태도가 너무도 의젓하고 또 어딘지 쓸쓸해 보여서입니다.

"오빠, 그러지 마. 제발 그러지 마."

　봄뫼는 겨우 그 소리를 모깃소리처럼 가냘프게 냅니다.

"그래, 안 그러마."

　한뫼는 어른처럼 굵은 목소리로 그렇게 말하더니, 천천히 닭을 닭장 속에 넣어 주고 뜰 아랫방으로 들어가 버렸습니다.

　그러나 다음 날 밤도 그 다음 날 밤도 그런 일은 계속됐습니다. 차라리 달걀을 훔쳐 먹으려고 했으면 얼마나 좋을까 하는 생각까지 봄뫼는 하게 되었습니다.

"오빠, 그러지 마. 제발 그러지 마. 알을 낳으면 제일 먼저 오빠 삶아 줄게. 일주일에 한 번씩은 꼭꼭 삶아 줄게."

　봄뫼는 드디어 그렇게 애걸까지 했습니다.

"누가 그까짓 삶은 달걀 먹고 싶댔어?"

　한뫼는 그 전에 봄뫼가 달걀을 훔쳤을 때 하던 것처럼 봄뫼의 골통에 알밤을 한 대 먹이고 가 버렸습니다. 한뫼는 기어코 닭을 잡아먹어야만 직성이 풀릴 모양입니다. 봄뫼는 이런 일을 어른들한테 일러바쳐 한뫼를 혼나게 할까도 생각했습니다만, 막상 그러려면 망설여졌습니다. 보나마나 어른들은 한뫼를 나쁜 사람 취급할 텐데, 봄뫼가 본 한뫼의 태도는 조금도 나쁜 짓을 하려는 태도가 아니었기 때문입니다. 닭을 훔치려는 한뫼의 태도는 번번이 반장 노릇할 때처럼 의젓하고, 또 어딘지 쓸쓸해 보였던 것입니다.

 나쁜 짓을 하면서도 나쁜 사람 같아 보이지 않는다는 게 봄뫼의 마음을 혼란스럽게 했습니다. 그까짓 거 훔쳐 먹도록 내버려 둘까 하는 생각까지 들었습니다. 그러자니 가을에 도시로 수학여행 가는 일을 단념하지 않으면 안 됩니다. 봄뫼는 그것을 단념하는 괴로움을 도저히 참을 수 있을 것 같지가 않습니다.

 봄뫼는 밤마다 설친 단잠과 마음의 괴로움 때문에 많이 수척해지고 우울해졌습니다. 어른들은 한창 농사가 바쁜 철이어서 봄뫼가 달라진 것을 알아볼 만한 마음의 빈자리가 없습니다.

 봄뫼는 문득 문 선생님하고 의논하고픈 생각이 났습니다. 재작년 한뫼가 중학교를 갈까 말까 혼자서 생각하고 망설이느라 매일매일 신경질만 부리다가, 어느 날 문 선생님과 의논하고 와서는 단박 명랑해져서 중학교에 가기로 결정했고, 그것을 아무도 말릴 수 없었던 것이 생각났기 때문입니다.

 "선생님, 오빠가 암탉을 잡아먹으려고 해요. 어떡하면 좋죠?"
 "한뫼가?"
 "네."
 "임마, 그건 오빠가 널 놀려 먹으려고 그러는 거야. 바보 같으니라고……."
 "아녜요. 매일 밤 그러는걸요."

 봄뫼는 자기도 모르게 울먹이며 그동안에 있었던 한뫼의 수상한 짓을 낱낱이 문 선생님한테 고해 바쳤습니다.

 문 선생님은 봄뫼의 이야기를 귀담아들으며, 읍내에서 닭을 사오던 날 생각이 났습니다.

그날 문 선생님은 마치 닭장수처럼, 닭을 서른 마리씩이나 처넣은 커다란 닭장을 자전거 꽁무니에 싣고 가파른 고개를 오르다가 한뫼를 만났었습니다.

"너 잘 만났다. 자전거 꽁무니 좀 밀어라."

여느 때 같으면 밀라고 할 때까지 있을 한뫼도 아닙니다. 그러나 무슨 급한 볼일을 보러 가고 있던 모양으로 고개만 꾸벅하고 길가로 비켜서려는 한뫼에게 문 선생님은 그렇게 부탁한 것입니다.

한뫼는 마지못해 자전거를 고개 위까지 밀어 주고 나서 이마의 비지땀을 씻는 문 선생님을 딱하다는 듯이 바라보며 어두운 얼굴로 말했습니다.

"이제 닭장수는 그만 하시잖고……."

"임마, 1년에 한 번씩이야. 할 만해."

문 선생님은 한뫼의 말을 선생님의 수고를 마음 아파하는 뜻으로 받아들였기 때문에 가볍게 대꾸하고 말았습니다. 지금 생각하니 그때의 한뫼의 어두운 마음과 무관한 것이 아닐 것 같았습니다.

그날 수업이 파한 후 문 선생님은 읍으로 가는 길에 있는 여러 고개 중 제일 높은 고개 위에서 한뫼를 기다렸습니다.

한뫼는 어둑어둑해질 무렵에야 고개 아래에 그 모습을 나타냈습니다.

"좀 쉬어 가려무나."

문 선생님은 한뫼가 고개를 다 오를 때까지 기다렸다가 이렇게 말을 시켰습니다. 한뫼가 말없이 문 선생님 곁에 앉았습니다.

"이번 공일에 선생님하고 읍내로 같이 통닭 먹으러 갈래?"

"봄뫼가 선생님께 일러바쳤군요?"

"그래, 선생님은 다 안단다. 그렇지만 봄뫼를 나무라진 말아라."
"네, 염려하지 마세요."
"암탉에 대해서도 염려 안 할 수 있었으면 싶은데."
"선생님, 전 그 암탉을 죽여 버리고 싶어요. 먹어 버리고 싶은 게 아니라 죽여 버리고 싶어요."
"왜?"
"봄뫼의 암탉뿐 아니라 선생님이 6학년 아이들한테 나누어 준 서른 마리의 암탉을 모조리 죽여 버리고 싶어요."
"한뫼야, 왜 그러고 싶은가 말해 보렴. 아무리 짐승이지만 살아 있는 목숨을 죽이고 싶은 것은 독한 마음이고, 독한 마음은 오래 품고 있을수록 품은 사람의 심정만 해칠 뿐이란다."
"봄뫼가 도시로 여행 가는 것을 못 하게 하고 싶어서요. 꼭 도시 구경을 하고 싶다면 낟알을 팔아 보낼 수도 있어요. 닭을 길러 달걀을 팔아 노자 삼는 일만은 막아야 해요."
"너도 그렇게 해서 여행을 갔었고, 너는 그때 그 일에 열성이었는데……."
"그랬어요. 도시에 가 보기 전까지는요. 그러나 가 보고 나서 마음이 변했어요."
"무엇이 네 마음을 변하게 했는지 말해 줄 수 없겠니?"
"민박한 집에서 본 텔레비전이 문제였어요."
"텔레비전? 난 또 뭐라고."
문 선생님은 소리 내어 웃었습니다.
"웃지 마세요, 선생님."
"텔레비전에서 뭘 봤는지 모르겠다만 그때만 해도 우리 마을에 텔레비전은 한 대도 없었으니, 그 구경이 신기하기도 했겠지. 그러나 그 후 2년 동안에 우리 마을에도 텔레비전이 세 대나 생겼어. 이제 그 구경을 신기해할 아이는 아무도 없어."
"선생님, 선생님은 정작 중요한 걸 안 물어보시는군요."
"아 참, 넌 거기서 뭘 보았니?"
"'깜짝 놀랄 재주 부리기' 쇼라는 걸 보았어요. 열 자리도 넘는 수를 열 번도 넘게 더하는 계산을 눈 깜짝할 사이에 해치우는 여학생도 보고, 아무런 연장도 없이 입 하나로 이 세상의 온갖 새 소리, 짐승 소리, 기계 소리, 총 소리, 대포 소리를 내는 아저씨도 보았어요. 그리고……."
한뫼는 어두운 얼굴로 말끝을 흐렸습니다.
"그리고?"
문 선생님은 더욱 침을 삼키며 한뫼의 다음 말을 재촉했습니다.
"그리고 한자리에서 달걀을 백서른 개나 먹는 아저씨도 보았어요. 그 아저씨는 어찌나 달걀을 빠르게 먹던지 옆에서 깨뜨려 주는 사람이 미처 못 당할 정도였어요. 그렇지만 그 배 속 큰 아저씨도 백 개를 넘게 먹고 나서부터는 삼키기가 괴로운지 계란 흰자위는 입아귀로 줄줄 흘리면서 목을 괴롭게 빼고는 억지로 먹더군요. 민박한 집 아이들은 손뼉을 치며 재미나 하는데, 저는 이상하게 울고 싶었어요."
"그때 왜 울고 싶었는지 지금 생각나니?"
"생각나고말고요. 그동안 도시의 인상•은 희미해졌지만 그 일만

• 인상 어떤 대상에 대하여 마음속에 새겨지는 느낌.

은 어제 일처럼 생생한걸요. 그때 저는 제 여행비가 된 제 암탉이 낳은 소중한 달걀에 대해서 생각했어요. 저는 제 달걀을 고스란히 모으기 위해 얼마나 많이 제 동생들을 때리고 쥐어박았는지 몰라요. 특히 봄뫼는 어찌나 날쌔게 달걀을 훔쳐 가는지, 아마 제일 많이 쥐어박혔을 거예요. 귀여운 누이동생이 굴뚝 모퉁이에서 서럽게 훌쩍이건 말건 아랑곳하지 않을 만큼 그때 저에게 있어서 달걀은 무엇보다도 소중한 거였어요. 그런 달걀이 도시 사람한테 마구 천대받고 웃음거리가 되고 있는 걸 보니까, 꼭 제가 업신여김을 당하는 것처럼 분한 생각이 들었어요. 달걀한테 들인 정성과 그동안의 세월까지 아울러 무시당했다 싶으면서 이튿날부터는 도시 구경이 도무지 재미가 없었어요. 여행에서 돌아와서 지금까지 쭉 그때 저를 업신여기던 도시에 대해 어떻게든 앙갚음하지 않으면 안 될 것 같은 생각에 시달리고 있어요. 달걀을 천대하는 것을 구경하며 손뼉 치고 깔깔대던 도시의 아이, 어른, 모든 사람에 대한 앙갚음을 위해서 저는 부모님이 힘겨워하시는 것을 못 본 척 중학교에 갔는지도 몰라요."

"그래? 선생님은 처음 듣는 소리구나. 어디 네 앙갚음의 꿈을 얘기해 보렴."

"무지무지한 부자가 되든지, 무지무지한 권세를 잡든지, 무지무지하게 유명해지든지 해서 저는 도시 사람들을 업신여길 수 있고, 도시 사람들이 저를 우러르고 제 말 한마디에 벌벌 떨게 하고 싶어요."

"그거 참 좋은 생각이로구나. 하지만 그러려면 너무 오랜 세월이 걸리지 않겠니. 그리고 달걀 몇 꾸러미에 대한 앙갚음으로는 너무 지나치지 않을까 몰라. 너무 인색하게 갚아 주는 것도 안 좋지만, 너무 지나치게 갚을 건 또 뭐 있니? 달걀은 달걀로 갚으렴."
"달걀은 달걀로요? 어떻게요?"
"글쎄다. 우리 그걸 생각해 보자꾸나."
문 선생님이 한뫼의 손을 잡았습니다. 한뫼의 손도 한뫼의 얼굴 못지않게 잘생기고 든든합니다. 한뫼의 등은 떡판처럼 널찍하고 믿음직스럽습니다. 문 선생님은 한뫼가 대견해 가슴이 뿌듯합니다.
어둠이 썰물처럼 빠르게 계곡을 채우고 두 사람의 발밑에서 넘실댑니다. 봄밤의 어둠은 부드러울 뿐더러 향기롭습니다. 산에서 피는 온갖 꽃들과 잎들과 새순들의 향기가 녹아 있으니까요.
"한뫼야, 봄뫼가 암탉 기르는 일을 훼방 놓지 말고 도와주렴."
"선생님은 기어코 봄뫼까지 도시의 업신여김을 당하게 하실 셈이군요."
"아니지. 선생님은 다만 달걀을 달걀로 갚는 일을 도와주려는 것뿐이다."
문 선생님이 소년처럼 뽐내면서 말했습니다. 좋은 생각이 떠올랐나 봅니다.
"선생님 생각을 말씀해 보세요."
"암탉을 잘 먹이고 잘 돌봐서 알을 많이 낳게 하는 거야. 아직 어리지만 다 자랐어. 곧 알을 낳기 시작할 거야. 형제간에 싸워 가면서라도 달걀을 잘 모았다가 팔아서 여비를 마련해야지. 숙박비는 언제나처럼 민박으로 할 테니까 칠 것도 없고……."
"선생님까지 결국은 절 업신여기시는군요."
한뫼가 일어섰다. 어둠 때문일까, 한뫼는 의젓해 보이기보다는 오히려 퍽 쓸쓸해 보였다. 문 선생님도 따라 일어서서 한뫼의 어깨를 안아 토닥거리며 다시 앉혔다.

"그렇지만 여행하는 사람이 바뀔 거야. 금년엔 우리 반 아이들이 도시로 여행하는 게 아니라 우리 반 아이들이 도시 아이들을 초청하는 거야. 우리가 여비까지 부담해 가면서 말야. 왜 진작 그런 생각을 못 했을까. 이건 진짜 기막힌 생각이야. 네 덕이다. 한뫼야, 고맙다."

문 선생님 혼자 뛸 듯이 기뻐할 뿐, 한뫼는 여전히 우울해 보입니다.

"기발한 생각이군요. 선생님, 그렇지만 좋은 생각은 못돼요. 편안한 방에 앉아서 초콜릿을 야금야금 핥으며, 주스를 찔금찔금 마시며, 달걀을 한꺼번에 백서른 개씩 먹는 쇼를 보고 깔깔대던 아이들을 이 두메산골•에 데려다 어쩌겠다는 거죠."

"우선 달걀을 보여 줘야지. 그들이 보고 배운 달걀과는 또 다른 달걀을. 너도 도시에 가서 우리가 보고 배운 달걀의 쓸모와는 전혀 다른 달걀의 쓸모를 배웠지 않니? 너는 네가 새롭게 배운 것에 대해 후회하거나 업신여기는 마음을 가져선 안 된다. 사물을 바르게 이해하기 위해선 그 사물의 헤아릴 수 없이 많은 쓸모에 대해 골고루 알아 두는 게 좋아. 아마 도시 아이들도 놀랄 거야. 그들이 천대하고 웃음거리로 삼던 달걀이 얼마나 값어치 있게 쓰이는가를 알면."

"그것 때문에 여기까지 도시 아이들을 부를 건 없잖아요. 우린 도

• **두메산골** 도회에서 멀리 떨어져 사람이 많이 살지 않는 변두리나 깊은 곳.

시에서 달걀만 본 게 아니라 별의별 걸 다 보았는데, 이 두메에 뭐가 있다고……."

"이 두메에 없는 것이 뭐 있니? 나는 도시 사람들이 달걀을 업신여기는 것보다 네가 우리가 가진 것을 업신여기는 것이 더 섭섭하다."

"도시엔 문명이 있어요."

"두메엔 자연이 있다."

"우리가 문명을 보고 깜짝깜짝 놀랄 때마다 도시 아이들은 우리를 시골뜨기 취급했어요."

"당연하지. 우린 시골뜨기니까. 이번에는 도시 아이들이 자연을 보고 깜짝 놀랄 차례다. 그러면 우린 걔네들을 서울뜨기 취급하자꾸나."

"그건 재미없을 거예요."

"왜?"

"걔네들은 더욱 으스댈 테니까요."

"우리의 마음속에 시골뜨기보다는 서울뜨기가 더 잘났단 마음이 있으면 걔네들은 으스댈 테고, 시골뜨기나 서울뜨기나 각각 길들은 환경이 다를 뿐 어느 쪽이 못나거나 잘나지 않았다는 걸 알고 있으면 결코 걔네들은 으스대지 못할 거다."

"그렇지만 우린 걔네들보다 모르는 게 너무 많아요. 걔네들 눈엔 우리가 바보처럼 보일 거예요."

"선생님 조카는 도시의 초등학교에서 쭉 반장 노릇만 하는 아이지. 마치 너처럼. 그 녀석이 90점 맞은 자연 시험지를 보니까 글쎄 콩은 외떡잎식물, 옥수수는 쌍떡잎식물이라고 바꾸어 썼더구

나. 자연 시험 보기 전날 밤새도록 달달 외우고도 그런 실수를 하다니, 넌 그녀석이야말로 바보라고 생각하지 않니?"
"도시에 있는 '어린이의 낙원'이란 공원은 참으로 아름다웠어요."
"나도 안다. 우리나라에 있는 공원 중에서 가장 잘 꾸며진 공원으로 누구나 그곳을 손꼽지. 왜 그런 줄 아니? 그 공원이 가장 자연에 가깝게 꾸며졌기 때문이야. 가장 교묘하게 자연의 흉내를 냈기 때문이지. 그러나 흉내는 진짜만은 못하지. 아마 도시 아이들은 이곳의 진짜 자연에 넋을 잃을 게다."
"그곳의 분수는 참으로 신기했어요."
"처음 봤으니까 그렇지. 며칠만 계속해 보면 시들해질걸. 더구나 그 분수가 사람들의 조작에 의해 물이 마르면 아주 꼴사납지. 그렇지만 우리 고장의 선녀 폭포가 물 마른 것을 본 일이 넌 없을걸? 너희 할아버지도 그것을 보시진 못했을 거야. 몇천 년을 한결같이 흐르면서도 매일 다르게 흐르지. 그래서 매일 봐도 새롭게 가슴이 울렁거리지 않던?"
"하긴 그래요. 분수가 신기하진 했지만 선녀 폭포를 볼 때처럼 가슴이 울렁대고 피가 맑아지는 것 같은 느낌이 들진 않았어요."
"거 봐라. 도시 아이들이 선녀 폭포를 본다는 것은 우리가 분수를 본 것의 몇 갑절 되는 신비한 경험이 될 거다."
"그렇지만 그곳 동물원엔 세계 각국의 동물이 없는 거 없이 다 모여 있었어요."
"세계 각국의 동물을 한자리에서 볼 수 있다는 건 좋은 공부지. 우리 고장에선 다람쥐하고 산토끼하고 노루하고 멧돼지밖에 볼 수 없으니까. 그렇지만 도시의 동물들은 한결같이 우리 속에 있고,

우리 고장의 동물들은 자유롭게 있지 않니. 세계 각국의 동물이 없는 거 없이 모여서 사람들이 만들어 놓은 환경에 길들여져 사는 걸 보는 것도 신기하지만 노루는 노루답게, 다람쥐는 다람쥐답게, 산토끼는 산토끼답게 제 나름의 방법으로 자연 속에서 사는 모습을 보는 것은 더 신기할걸."

"그곳의 천체 과학관에선 대낮에도 하늘의 별자리를 볼 수 있었어요."

"도시에선 밤에도 별자리가 안 보인단다. 우리 고장에서 볼 수 있는 아름다운 밤하늘을 우리만 보기에 아까운 것만으로도 도시 아이들을 초대할 만하지 않겠니? 이 고장의 밤하늘은 도시 아이들에게 가장 놀라운 경험이 될걸."

"그렇지만 선생님, 도시에선 수없는 문명의 이기●들이 사람 사는 걸 돕고 있었어요. 우린 그걸 길들이기는커녕 자주 그 이름과 쓸모를 헷갈리고 겁을 내고 했어요. 그럴 때마다 도시 아이들은 우리를 불쌍히 여기는 것 같았고, 우린 무식쟁이가 된 것처럼 주눅이 들었어요."

"도시 아이들은 아마 토끼풀하고 괭이밥하고도 헷갈리는 애 천질걸. 한뫼야, 우리가 문명의 이기에 대해 모르는 건 무식한 거고, 도시 아이들이 밤나무와 떡갈나무와 참나무와 나도밤나무와 참피나무와 물푸레나무와 피나무와 가시나무와 은사시나무와 가문비나무와 전나무와 삼나무와 잣나무와 측백나무에 대해 모르는 건 유식하다는 생각일랑 제발 버려야 한다. 그건 똑같이 무식한

● 이기 실제로 쓰기에 편리한 기계나 기구.

거니까, 너희가 특별히 주눅들 필요는 없지 않겠니. 그러나 너희들은 싫건 좋건 앞으로 문명과 만나고 길들여질 테지만, 도시 아이들에게 있는 그대로의 자연과 만나 가슴을 울렁거릴 기회는 좀처럼 없을걸. 그런 경험을 놓치고 어른이 되어 버리면 너무 불쌍하지 않니. 바로 그런 소중한 경험을 너희들은 도시 아이들한테 베풀 수가 있어. 달걀로 말이다."

한뫼는 더 이상 말대답을 하지 않고 선생님의 얼굴을 물끄러미 바라보기만 했습니다. 선생님의 얼굴은 어둠 속에서도 달덩이처럼 환합니다.

"인석아, 왜 그렇게 쳐다봐? 선생님 얼굴에 뭐 묻었냐?"

"아뇨. 우리나라에서 제일가는 선생님의 얼굴을 마음속에 새겨 두려고요."

"인석아, 달걀을 달걀로 갚으려는 생각은 내가 한 게 아니라 네가 한 거야."

 활동하기

❶ 이 소설의 내용을 정리한 것입니다. 맞는 것에는 ○, 틀린 것에는 ×를 해 봅시다.

> ㉠ 봄뫼는 6학년이 되어 문 선생님께 닭 두 마리를 받았다. ……………… (   )
>
> ㉡ 한뫼는 닭을 잡아먹으려고 밤마다 봄뫼의 닭장을 기웃거렸다. ……………… (   )
>
> ㉢ 한뫼는 도시 사람들에 대한 앙갚음의 방법으로 부자가 되거나, 권세를 잡거나 유명해져서 도시 사람들이 자신을 우러르게 하려는 꿈을 갖게 되었다. ……… (   )
>
> ㉣ 문 선생님은 한뫼에게 자연의 소중함을 도시 아이들이 깨달을 수 있도록 해야 한다고 설득하였다. ……………… (   )

❷ 다음은 이 소설에서 주목할 만한 구절을 고른 것입니다. 어떤 의미인지 생각해 봅시다.

구절	의미
나쁜 짓을 하면서도 나쁜 사람 같아 보이지 않는다는 게 봄뫼의 마음을 혼란스럽게 했습니다.	①
"아무리 짐승이지만 살아 있는 목숨을 죽이고 싶은 것은 독한 마음이고, 독한 마음은 오래 품고 있을수록 품은 사람의 심정만 해칠 뿐이란다."	상대에게 원한이나 미움과 같은 독한 마음을 품으면 그것은 오히려 그런 생각을 한 자신의 마음을 더 상하게 하고 지치게 한다.
"달걀은 달걀로 갚으렴."	②

❸ 여러분은 토끼풀과 괭이밥을 구별할 수 있나요? 문 선생님이 말한 부분을 다시 읽어 보고, 도시 문명에 비해 시골의 자연이 어떤 점이 좋다는 것인지 밝혀 봅시다.

> "시골뜨기나 서울뜨기나 각각 길들은 환경이 다를 뿐 어느 쪽이 못나거나 잘나지 않았다는 걸 알고 있으면 결코 개네들은 으스대지 못할 거다."
> "도시 아이들은 아마 토끼풀하고 괭이밥하고도 헛갈리는 애 천질걸. …… 도시 아이들에게 있는 그대로의 자연과 만나 가슴을 울렁거릴 기회는 좀처럼 없을걸."

▸ 다르게 읽기

❹ 다음 인터뷰를 참고로 하여 중장년층과 청년층이 농촌으로 가려는 이유를 생각해서 써 봅시다.

작품 해설

토끼풀과 괭이밥을 구별할 줄 아시나요?

　이 소설의 주인공이 처음에는 봄뫼인 것 같지만 끝까지 잘 읽어 보면 한뫼인 것을 알 수 있습니다. 중학교 2학년인 한뫼는, 암탉을 키워 달걀을 판 돈으로 수학여행을 가려는 여동생 봄뫼의 닭을 없애려고 합니다. 문 선생님이 봄뫼의 고민을 듣고 한뫼를 만나 보니 한뫼는 2년 전 자신도 닭을 키워 도시로 수학여행을 갔던 일 때문이라고 합니다. 닭을 애지중지하며 기른 자신의 오랜 정성이 도시의 아이와 어른들로부터 무시를 당했다고 생각했지요. 문 선생님은 도시와 시골은 각각 환경이 다를 뿐 어느 한 곳이 우월하지 않다고 말해 줍니다. 또, 어린 시절에 있는 그대로의 자연을 만나 가슴을 울렁거리게 하는 소중한 경험을 도시 아이들에게도 베풀자고 합니다.

　이 소설은 1979년에 출간된 어른을 위한 동화집에 실려 있던 작품입니다. 작가는 이 작품을 통해 하고 싶은 말을 아이들뿐 아니라 어른들에게도 들려주고 싶었던 것입니다. 자연은 인간의 편리를 위해 한 번 사용하고 버려도 되는 소모품이 아닌데, 문명에 익숙해진 우리는 그것을 잊고 살아갑니다. 이 소설에서 달걀에게 가해지는 도시인들의 조롱과 비웃음, 업신여김은 자연에 대한 그것과 다르지 않습니다. 문명이 발달하더라도 우리가 지켜야 할 소중한 가치는 '있는 그대로의 자연'입니다. 당장 눈앞의 이익 때문에 눈에 보이지 않는 소중하고 가치로운 것들은 생각하지 않으려는 사람들이 너무 많아지고 있습니다. 그래서 작가의 목소리는 이 작품이 지어진 때로부터 수십 년이 지난 지금에도 유효합니다. 문 선생님은 문명에 대해 모르는 것이나 자연에 대해 모르는 것이나 똑같이 무식한 것이라고 말합니다. 여러분이 도시에 살고 있다면 자연에서 배워야 할 것이 얼마나 많은지 생각해 보아야 하고, 시골에 살고 있다면 자신이 접하고 있는 자연이 얼마나 소중한 것인지 생각해 보아야 합니다.

엮어 읽기

포리스트 카터, 『내 영혼이 따뜻했던 날들』
주인공 소년의 이름은 '작은 나무'로 인디언 체로키족인 할머니, 할아버지와 함께 자연과 더불어 살아가면서 인디언 생활 철학을 배우며 자랍니다. 자연의 이치를 벗어나 탐욕과 위선이 판치는 현대 사회를 비판하지만, 이 책이 주는 것은 자연 속에서 살며 느끼는 영혼의 순수함과 따뜻함입니다. 「달걀은 달걀로 갚으렴」에 나타나는 자연을 좀 더 깊이 있게 생각할 수 있습니다.

운수 좋은 날

현진건(1900~1943)

현진건 작가는 대구에서 태어났습니다. 1920년 「개벽」에 「희생화」를 발표하며 작품 활동을 시작했습니다. 그의 작품은 크게 세 부류로 나누어 볼 수 있는데, 작가의 자전적 체험을 바탕으로 한 작품들과 식민지 하층민들이 처한 현실을 사실적으로 표현한 작품들, 그리고 민족혼을 표현하려고 한 역사 장편 소설들입니다. 주요 작품에는 「빈처」, 「술 권하는 사회」, 「할머니의 죽음」, 「고향」, 「적도」, 「무영탑」 등이 있습니다.

    시험을 망쳐서 집에 들어가기 싫은 날엔 어떻게 할까요? 일부러 길을 빙빙 둘러 가거나 느릿느릿 가기도 할 겁니다. 집에 가까이 갈수록 발걸음이 무거워지고 문을 열기가 힘들기도 하겠지요.
    지금부터 읽을 소설은 일제 강점기를 배경으로 인력거꾼 김 첨지가 등장합니다. 인력거는 사람이 사람을 태워 끌고 다니는 수레입니다. 인력거꾼은 그 인력거로 손님을 목적지까지 태워 주고 돈을 받는 사람입니다. 그런데 인력거꾼 김 첨지는 집에서 인력거가 멀어질수록 발걸음이 가벼워지고, 집에 가까워질수록 발걸음이 무거워집니다. 김 첨지는 왜 그렇게 집에 가는 발걸음이 무거웠을까요? 혹시 김 첨지도 시험을 망친 걸까요?
    김 첨지의 심정을 상상하며 「운수 좋은 날」을 함께 읽어 봅시다.

 내 인생에서 운수가 가장 좋았던 날과 가장 나빴던 날은 언제였나요?

운수 좋은 날

• 현진건 •

　새침하게 흐린 품이 눈이 올 듯하더니 눈은 아니 오고 얼다가 만 비가 추적추적 내리는 날이었다.
　이날이야말로 동소문 안에서 인력거꾼 노릇을 하는 김 첨지에게는 오래간만에도 닥친 운수 좋은 날이었다. 문안•에(거기도 문밖은 아니지만) 들어간답시는 앞집 마마님을 전찻길까지 모셔다 드린 것을 비롯으로 행여나 손님이 있을까 하고 정류장에서 어정어정하며 내리는 사람 하나하나에게 거의 비는 듯한 눈결을 보내고 있다가 마침내 교원인 듯한 양복쟁이를 동광학교(東光學校)까지 태워다 주기로 되었다.
　첫 번에 삼십 전, 둘째 번에 오십 전 — 아침 댓바람•에 그리 흉치 않은 일이었다. 그야말로 재수가 옴 붙어서 근 열흘 동안 돈 구경도 못한 김 첨지는 십 전짜리 백동화 서 푼, 또는 다섯 푼이 찰깍하고 손바닥에 떨어질 제 거의 눈물을 흘릴 만큼 기뻤었다. 더구나 이날 이때에 이 팔십 전이라는 돈이 그에게 얼마나 유용한지 몰랐다. 컬

• **문안** 사대문 안.
• **댓바람** 아주 이른 시간.

컬한 목에 모주* 한 잔도 적실 수 있거니와 그보다도 앓는 아내에게 설렁탕 한 그릇도 사다 줄 수 있음이다.

  그의 아내가 기침으로 쿨룩거리기는 벌써 달포*가 넘었다. 조밥도 굶기를 먹다시피 하는 형편이니 물론 약 한 첩 써 본 일이 없다. 구태여 쓰려면 못 쓸 바도 아니로되 그는 병이란 놈에게 약을 주어 보내면 재미를 붙여서 자꾸 온다는 자기의 신조(信條)에 어디까지 충실하였다. 따라서 의사에게 보인 적이 없으니 무슨 병인지는 알 수 없으되 반듯이 누워 가지고 일어나기는새로에 모로도 못 눕는 것을 보면 중증은 중증인 듯. 병이 이토록 심해지기는 열흘 전에 조밥을 먹고 체한 때문이다. 그때도 김 첨지가 오래간만에 돈을 얻어서 좁쌀 한 되와 십 전짜리 나무 한 단을 사다 주었더니, 김 첨지의 말에 의지하면 그 오라질 년이 천방지축으로 냄비에 대고 끓였다. 마음은 급하고 불길은 달지 않아 채 익지도 않은 것을 그 오라질 년이 숟가락은 고만두고 손으로 움켜서 두 뺨에 주먹 덩이 같은 혹이 불거지도록 누가 빼앗을 듯이 처박질하더니만 그날 저녁부터 가슴이 땅긴다, 배가 켕긴다고 눈을 홉뜨고 지랄병을 하였다. 그때 김 첨지는 열화와 같이 성을 내며,

  "에이 오라질 년, 조랑복*은 할 수가 없어, 못 먹어 병, 먹어서 병! 어쩌란 말이야. 왜 눈을 바루 뜨지 못해!"

하고 김 첨지는 앓는 이의 뺨을 한 번 후려갈겼다. 홉뜬 눈은 조금 바루어졌건만 이슬이 맺히었다. 김 첨지의 눈시울도 뜨끈뜨끈한 듯

- **모주** 술을 거르고 남은 찌꺼기에 물을 타서 뿌옇게 걸러 낸 막걸리.
- **달포** 한 달이 조금 넘는 기간.
- **조랑복** 조롱복. 아주 짧게 타고난 복.

하였다.

　이 환자가 그러고도 먹는 데는 물리지 않았다. 사흘 전부터 설렁탕 국물이 마시고 싶다고 남편을 졸랐다.

　"이런 오라질 년! 조밥도 못 먹는 년이 설렁탕은, 또 처먹고 지랄병을 하게."

라고 야단을 쳐 보았건만 못 사 주는 마음이 시원치는 않았다.

　인제 설렁탕을 사 줄 수도 있다. 앓는 어미 곁에서 배고파 보채는 개똥이(세 살 먹이)에게 죽을 사 줄 수도 있다. — 팔십 전을 손에 쥔 김 첨지의 마음은 푼푼하였다.●

　그러나 그의 행운은 그걸로 그치지 않았다. 땀과 빗물이 섞여 흐르는 목덜미를 기름 주머니가 다 된 광목 수건으로 닦으며 그 학교 문을 돌아 나올 때였다. 뒤에서 "인력거!" 하고 부르는 소리가 난다. 자기를 불러 멈춘 사람이 그 학교 학생인 줄 김 첨지는 한 번 보고 짐작할 수 있었다. 그 학생은 다짜고짜로,

　"남대문 정거장까지 얼마요?"

라고 물었다. 아마도 그 학교 기숙사에 있는 이로 동기 방학을 이용하여 귀향하려 함이리라. 오늘 가기로 작정은 하였건만 비는 오고 짐은 있고 해서 어찌할 줄 모르다가 마침 김 첨지를 보고 뛰어 나왔음이리라. 그렇지 않으면 왜 구두를 채 신지도 못해서 질질 끌고 비록 고쿠라● 양복일망정 노박이로● 비를 맞으며 김 첨지를 뒤쫓아 나왔으랴.

● **푼푼하였다**　모자람이 없이 넉넉하였다.
● **고쿠라**　일본 규슈의 고쿠라 지방에서 많이 생산된 면직물.
● **노박이로**　줄곧 계속적으로.

"남대문 정거장까지 말씀입니까?"

하고 김 첨지는 잠깐 주저하였다. 그는 이 우중에 우장도 없이 그 먼 곳을 철벅거리고 가기가 싫었음일까? 처음 것 둘째 것으로 그만 만족하였음일까? 아니다, 결코 아니다. 이상하게도 꼬리를 맞물고 덤비는 이 행운 앞에 조금 겁이 났음이다. 그리고 집을 나올 제 아내의 부탁이 마음에 켕기었다 — 앞집 마마한테서 부르러 왔을 제 병인은 그 뼈만 남은 얼굴에 유일의 생물 같은, 유달리 크고 움푹한 눈에 애걸하는 빛을 띠며,

"오늘은 나가지 말아요. 제발 덕분에 집에 붙어 있어요. 내가 이렇게 아픈데……."

라고 모깃소리같이 중얼거리고 숨을 거르렁거르렁하였다. 그때에 김 첨지는 대수롭지 않은 듯이,

"압다, 젠장맞을 년, 별 빌어먹을 소리를 다 하네. 맞붙들고 앉았으면 누가 먹여 살릴 줄 알아."

하고 훌쩍 뛰어나오려니까 환자는 붙잡을 듯이 팔을 내저으며,

"나가지 말라도 그래. 그러면 일찍이 들어와요."

하고 목멘 소리가 뒤를 따랐다.

정거장까지 가잔 말을 들은 순간에 경련적으로 떠는 손, 유달리 큼직한 눈, 울 듯한 아내의 얼굴이 김 첨지의 눈앞에 어른어른하였다.

"그래, 남대문 정거장까지 얼마란 말이오?"

하고 학생은 초조한 듯이 인력거꾼의 얼굴을 바라보며 혼잣말같이,

"인천 차가 열한 점에 있고 그다음에는 새로 두 점이던가?"

라고 중얼거린다.

"일 원 오십 전만 줍시오."

이 말이 저도 모를 사이에 불쑥 김 첨지의 입에서 떨어졌다. 제 입으로 부르고도 스스로 그 엄청난 돈 액수에 놀랐다. 한꺼번에 이런 금액을 불러라도 본 지가 그 얼마 만인가! 그러자 그 돈 벌 욕기*가 병자에 대한 염려를 사르고 말았다. 설마 오늘 내로 어떠랴 싶었다. 무슨 일이 있더라도 제일 제이의 행운을 값친 것보다도 오히려 곱절이 많은 이 행운을 놓칠 수 없다 하였다.

"일 원 오십 전은 너무 과한데."

이런 말을 하며 학생은 고개를 기웃하였다.

"아니올시다. 이수*로 치면 여기서 거기가 시오 리가 넘는답니다. 또 이런 진날에는 좀 더 주셔야지요."

하고 빙글빙글 웃는 차부의 얼굴에는 숨길 수 없는 기쁨이 넘쳐흘렀다.

"그러면 달라는 대로 줄 터이니 빨리 가요."

관대한 어린 손님은 이런 말을 남기고 총총히 옷도 입고 짐도 챙기러 제 갈 데로 갔다.

그 학생을 태우고 나선 김 첨지의 다리는 이상하게 거뿐하였다. 달음질을 한다느니보다 거의 나는 듯하였다. 바퀴도 어떻게 속히 도는지 구른다느니보다 마치 얼음을 지쳐 나가는 스케이트 모양으로 미끄러져 가는 듯하였다. 언 땅에 비가 내려 미끄럽기도 하였지만.

이윽고 끄는 이의 다리는 무거워졌다. 자기 집 가까이 다다른 까닭이다. 새삼스러운 염려가 그의 가슴을 눌렀다.

* **욕기** 욕심.
* **이수** 거리를 '리(里)'의 단위로 나타낸 수.

"오늘은 나가지 말아요. 내가 이렇게 아픈데!"

이런 말이 잉잉 그의 귀에 울렸다. 그리고 병자의 움쑥 들어간 눈이 원망하는 듯이 자기를 노리는 듯하였다. 그러자 엉엉하고 우는 개똥이의 곡성을 들은 듯싶다. 딸꾹딸꾹하고 숨 모으는 소리도 나는 듯싶다…….

"왜 이러우? 기차 놓치겠구먼."

하고 탄 이의 초조한 부르짖음이 간신히 그의 귀에 들어왔다. 언뜻 깨달으니 김 첨지는 인력거 채를 쥔 채 길 한복판에 엉거주춤 멈춰 있지 않은가.

"예, 예."

하고 김 첨지는 또다시 달음질하였다. 집이 차차 멀어 갈수록 김 첨지의 걸음에는 다시금 신이 나기 시작하였다. 다리를 재게● 놀려야만 쉴 새 없이 자기의 머리에 떠오르는 모든 근심과 걱정을 잊을 듯이.

정거장까지 끌어다 주고 그 깜짝 놀란 일 원 오십 전을 정말 제 손에 쥐매, 제 말마따나 십 리나 되는 길을 비를 맞아 가며 질퍽거리고 온 생각은 아니하고 거저나 얻은 듯이 고마웠다. 졸부나 된 듯이 기뻤다. 제 자식뻘밖에 안 되는 어린 손님에게 몇 번 허리를 굽히며,

"안녕히 다녀오십시오."

라고 깍듯이 재우쳤다●.

그러나 빈 인력거를 털털거리며 이 우중에 돌아갈 일이 꿈밖이었

● **재게** 동작이 재빠르게.
● **재우쳤다** 빨리 몰아치거나 재촉하였다.

다. 노동으로 하여 흐른 땀이 식어지자 굶주린 창자에서, 물 흐르는 옷에서 어슬어슬 한기가 솟아나기 비롯하매 일 원 오십 전이란 돈이 얼마나 괴치 않고 괴로운 것인 줄 절절히 느끼었다. 정거장을 떠나가는 그의 발길은 힘 하나 없었다. 온몸이 옹송그려지며● 당장 그 자리에 엎어져 못 일어날 것 같았다.

"젠장맞을 것, 이 비를 맞으며 빈 인력거를 털털거리고 돌아를 간담? 이런 빌어먹을, 비가 왜 남의 상판●을 딱딱 때려!"

그는 몹시 화증을 내며 누구에게 반항이나 하는 듯이 게걸거렸다●. 그럴 즈음에 그의 머리엔 또 새로운 광명이 비쳤나니 그것은,

'이러구 갈 게 아니라 이 근처를 빙빙 돌며 차 오기를 기다리면 또 손님을 태우게 되는지도 몰라.'

란 생각이었다. 오늘 운수가 괴상하게도 좋으니까 그런 요행●이 또 한 번 없으리라고 누가 보증하랴. 꼬리를 굴리는 행운이 꼭 자기를 기다리고 있다고 내기를 해도 좋을 만한 믿음을 얻게 되었다. 그렇다고 정거장 인력거꾼의 등쌀이 무서우니 정거장 앞에 섰을 수는 없었다. 그래 그는 이전에도 여러 번 해 본 일이라 바로 정거장 앞 전차 정류장에서 조금 떨어지게, 사람 다니는 길과 전찻길 틈에 인력거를 세워 놓고 자기는 그 근처를 빙빙 돌며 형세를 관망하기로● 하였다.

얼마 만에 기차는 왔고 수십 명이나 되는 손이 정류장으로 쏟아져 나왔다. 그중에서 손님을 물색하는 김 첨지의 눈엔 양머리에 뒤

● **옹송그려지며** 춥거나 두려워 몸을 궁상맞게 몹시 움츠러들여지며.
● **상판** '얼굴'을 속되게 이르는 말.
● **게걸거렸다** 상스러운 말로 소리를 지르며 불평스럽게 자꾸 떠들었다.
● **요행** 뜻밖에 얻는 행운.
● **관망하기로** 한발 물러나서 어떤 일이 되어 가는 형편을 바라보기로.

축 높은 구두를 신고 망토까지 두른 기생퇴물인 듯 난봉● 여학생인 듯한 여편네의 모양이 띄었다. 그는 슬근슬근 그 여자의 곁으로 다가들었다.

"아씨, 인력거 아니 타시랍시오?"

그 여학생인지 뭔지가 한참은 매우 태깔●을 빼며 입술을 꼭 다문 채 김 첨지를 거들떠보지도 않았다. 김 첨지는 구걸하는 거지나 무엇같이 연해연방● 그의 기색을 살피며,

"아씨, 정거장 애들보다 아주 싸게 모셔다드리겠습니다. 댁이 어디신가요?"

하고 추근추근하게 그 여자의 들고 있는 일본식 버들고리짝에 제 손을 대었다.

"왜 이래. 남 귀치않게."

소리를 벽력같이 지르고는 돌아선다. 김 첨지는 어랍시오 하고 물러섰다.

전차가 왔다. 김 첨지는 원망스럽게 전차 타는 이를 노리고 있었다. 그러나 그의 예감은 틀리지 않았다. 전차가 빡빡하게 사람을 싣고 움직이기 시작하였을 제 타고 남은 손 하나가 있었다. 굉장하게 큰 가방을 들고 있는 걸 보면 아마 붐비는 차 안에 짐이 크다 하여 차장에게 밀려 내려온 눈치였다. 김 첨지는 대어 섰다.

"인력거를 타시랍시오?"

한동안 값으로 승강이를 하다가 육십 전에 인사동까지 태워다 주

● **난봉** 언행이 허황하고 착실하지 못하며 행실이 좋지 않은 사람.
● **태깔** 교만한 태도.
● **연해연방** 끊임없이 잇따라 자꾸.

기로 하였다. 인력거가 무거워지며 그의 몸은 이상하게도 가벼워졌다. 그리고 또 인력거가 가벼워지니 몸은 다시금 무거워졌건만 이번에는 마음조차 초조해 온다. 집의 광경이 자꾸 눈앞에 어른거려 인제 요행을 바랄 여유도 없었다. 나뭇등걸이나 무엇 같고 제 것 같지도 않은 다리를 연해 꾸짖으며 갈팡질팡 뛰는 수밖에 없었다.

 '저놈의 인력거꾼이 저렇게 술이 취해 가지고 이 진 땅에 어찌 가노?'

라고 길 가는 사람이 걱정을 하리만큼 그의 걸음은 황급하였다. 흐리고 비 오는 하늘은 어둠침침하게 벌써 황혼에 가까운 듯하다. 창경원 앞까지 다다라서야 그는 턱에 닿은 숨을 돌리고 걸음도 늦추잡았다. 한 걸음 두 걸음 집이 가까워 갈수록 그의 마음조차 괴상하게 누그러웠다. 그런데 이 누그러움은 안심에서 오는 게 아니요 자기를 덮친 무서운 불행을 빈틈없이 알게 될 때가 박두한● 것을 두려워하는 마음에서 오는 것이다. 그는 불행에 다닥치기 전 시간을 얼마쯤이라도 늘이려고 버르적거렸다●. 기적에 가까운 벌이를 하였다는 기쁨을 할 수 있으면 오래 지니고 싶었다. 그는 두리번두리번 사면을 살피었다. 그 모양은 마치 자기 집 ― 곧 불행을 향하고 달려가는 제 다리를 제 힘으로는 도저히 어찌할 수가 없으니 누구든지 나를 좀 잡아 다고, 구해 다고 하는 듯하였다.

 그럴 즈음에 마침 길가 선술집에서 그의 친구 치삼이가 나온다. 그의 우글우글 살찐 얼굴에 주홍이 돋는 듯, 온 턱과 뺨을 시커멓

● **박두한** 기일이나 시기가 가까이 닥쳐온.
● **버르적거렸다** 고통스러운 일이나 어려운 고비에서 벗어나려고 팔다리를 내저으며 큰 몸을 자꾸 움직였다.

게 구레나룻이 덮였거든, 노르탱탱한 얼굴이 바짝 말라서 여기저기 고랑이 파이고 수염도 있대야 턱 밑에만 마치 솔잎 송이를 거꾸로 붙여 놓은 듯한 김 첨지의 풍채하고는 기이한 대상을 짓고 있었다.

"여보게, 김 첨지. 자네 문안 들어갔다 오는 모양일세그려. 돈 많이 벌었을 테니 한잔 빨리게."

뚱뚱보는 말라깽이를 보던 맡●에 부르짖었다. 그 목소리는 몸집과 딴판으로 연하고 싹싹하였다. 김 첨지는 이 친구를 만난 게 어떻게 반가운지 몰랐다. 자기를 살려 준 은인이나 무엇같이 고맙기도 하였다.

"자네는 벌써 한잔한 모양일세그려. 자네도 재미가 좋아 보이."
하고 김 첨지는 얼굴을 펴서 웃었다.

"압다, 재미 안 좋다고 술 못 먹을 낸가? 그런데 여보게, 자네 온몸이 어째 물독에 빠진 생쥐 같은가? 어서 이리 들어와 말리게."

선술집은 훈훈하고 뜻뜻하였다. 추어탕을 끓이는 솥뚜껑을 열 적마다 뭉게뭉게 떠오르는 흰 김, 석쇠에서 뻐지짓뻐지짓 구워지는 너비아니, 굴이며 제육이며 간이며 콩팥이며 북어며 빈대떡…… 이 너저분하게 늘어놓인 안주 탁자, 김 첨지는 갑자기 속이 쓰려서 견딜 수 없었다. 마음대로 할 양이면 거기 있는 모든 먹음먹이●를 모조리 깡그리 집어삼켜도 시원치 않았다. 하되 배고픈 이는 우선 분량 많은 빈대떡 두 개를 쪼이기로 하고 추어탕을 한 그릇 청하였다. 주린

● **맡** 어떤 일을 하는 바로 그 순간.
● **먹음먹이** 먹음직한 음식들.

창자는 음식 맛을 보더니 더욱더욱 비어지며 자꾸자꾸 들이라 들이라 하였다. 순식간에 두부와 미꾸라지 든 국 한 그릇을 그냥 물같이 들이키고 말았다. 셋째 그릇을 받아 들었을 제 덥히던 막걸리 곱빼기 두 잔이 데워졌다. 치삼이와 같이 마시자 원원이● 비었던 속이라 찌르르하고 창자에 퍼지며 얼굴이 화끈하였다. 눌러 곱빼기 한 잔을 또 마셨다.

 김 첨지의 눈은 벌써 개개풀리기 시작하였다. 석쇠에 얹힌 떡 두 개를 숭덩숭덩 썰어서 볼을 불룩거리며 또 곱빼기 두 잔을 부어라 하였다.

 치삼은 의아한 듯이 김 첨지를 보며,

 "여보게, 또 붓다니, 벌써 우리가 넉 잔씩 먹었네, 돈이 사십 전일세."

라고 주의시켰다.

 "아따 이놈아, 사십 전이 그리 끔찍하냐? 오늘 내가 돈을 막 벌었어. 참 오늘 운수가 좋았느니."

 "그래 얼마를 벌었단 말인가?"

 "삼십 원을 벌었어, 삼십 원을! 이런 젠장맞을, 술을 왜 안 부어?⋯⋯ 괜찮다 괜찮아, 막 먹어도 상관이 없어. 오늘 돈 산더미같이 벌었는데."

 "어, 이 사람 취했군. 고만두세."

 "이놈아, 그걸 먹고 취할 내냐? 어서 더 먹어."

하고는 치삼의 귀를 잡아치며 취한 이는 부르짖었다. 그리고 술을

● **원원이** 어떤 사물이 전하여 내려온 그 처음부터. 또는 본디부터.

붓는 열오륙 세 됨 직한 중대가리•에게로 달려들며,

"이놈, 오라질 놈, 왜 술을 붓지 않어?"

라고 야단을 쳤다. 중대가리는 희희 웃고 치삼을 보며 문의하는 듯이 눈짓을 하였다. 주정꾼이 이 눈치를 알아보고 화를 버럭 내며,

"이 오라질 놈들 같으니. 이놈, 내가 돈이 없을 줄 알고."

하자마자 허리춤을 훔칫훔칫하더니 일 원짜리 한 장을 꺼내어 중대가리 앞에 펄쩍 집어 던졌다. 그 사품•에 몇 푼 은전이 잘그랑하며 떨어진다.

"여보게 돈 떨어졌네. 왜 돈을 막 끼얹나?"

이런 말을 하며 치삼은 일변 돈을 줍는다. 김 첨지는 취한 중에도 돈의 거처를 살피려는 듯이 눈을 크게 떠서 땅을 내려 보다가 불시에 제 하는 짓이 너무 더럽다는 듯이 고개를 소스라치자 더욱 성을 내며,

"봐라 봐! 이 더러운 놈들아! 내가 돈이 없나. 다리 뼉다구를 꺾어 놓을 놈들 같으니."

하고 치삼의 주워 주는 돈을 받아,

"이 원수엣 돈! 이 육시를 할 돈!"

하면서 팔매질을 친다. 벽에 맞아 떨어진 돈은 다시 술 끓이는 양푼에 떨어지며 정당한 매를 맞는다는 듯이 쨍하고 울었다.

곱빼기 두 잔은 또 부어질 겨를도 없이 말려 가고 말았다. 김 첨지는 입술과 수염에 붙은 술을 빨아들이고 나서 매우 만족한 듯이 그

• **중대가리** 중처럼 빡빡 깎은 머리 또는 그렇게 머리를 깎은 사람을 놀림조로 이르는 말.
• **사품** 어떤 동작이나 일이 진행되는 바람이나 겨를.

솔잎 송이 수염을 쓰다듬으며,

"또 부어, 또 부어."

라고 외쳤다.

또 한 잔 먹고 나서 김 첨지는 치삼의 어깨를 치며 문득 깔깔 웃는다. 그 웃음소리가 어떻게 컸던지 술집에 있는 이의 눈은 모두 김 첨지에게로 몰리었다. 웃는 이는 더욱 웃으며,

"여보게 치삼이, 내 우스운 이야기 하나 할까? 오늘 손을 태우고 정거장에 가지 않았겠나?"

"그래서?"

"갔다가 그저 오기가 안됐데그려. 그래 전차 정류장에서 어름어름하며˙ 손님 하나를 태울 궁리를 하지 않았나? 거기 마침 마마님이신지 여학생님이신지(요새야 어데 논다니˙와 아가씨를 구별할 수 있던가.) 망토를 잡수시고 비를 맞고 서 있겠지. 슬근슬근 가까이 가서 인력거 타시랍시오 하고 손가방을 받으려니까 내 손을 탁 뿌리치고 빽 돌아서더만 '왜 남을 이렇게 귀찮게 굴어!' 그 소리야말로 꾀꼬리 소리지, 허허."

김 첨지는 교묘하게도 정말 꾀꼬리 같은 소리를 내었다. 모든 사람은 일시에 웃었다.

"빌어먹을 깍쟁이 같은 년, 누가 저를 어쩌나. '왜 남을 귀찮게 굴어!' 어이구 소리가 채신도 없지 허허."

웃음소리들은 높아졌다. 그러나 그 웃음소리들이 사라지기 전에

˙ **어름어름하며** 말이나 행동을 똑똑하게 분명히 하지 못하고 자꾸 우물쭈물하며.
˙ **논다니** 웃음을 파는 여자를 속되게 이르는 말.

김 첨지는 훌쩍훌쩍 울기 시작하였다.

치삼은 어이없이 주정뱅이를 바라보며,

"금방 웃고 지랄을 하더니 우는 건 또 무슨 일인가?"

김 첨지는 연해 코를 들여마시며,

"우리 마누라가 죽었다네."

"뭐, 마누라가 죽다니, 언제?"

"이놈아 언제는, 오늘이지."

"에끼 미친놈, 거짓말 말아."

"거짓말은 왜? 참말로 죽었어, 참말로…… 마누라 시체를 집에 뻐들쳐 놓고 내가 술을 먹다니, 내가 죽일 놈이야, 죽일 놈이야."

하고 김 첨지는 엉엉 소리를 내어 운다.

치삼은 흥이 조금 깨어지는 얼굴로,

"원 이 사람이, 참말을 하나 거짓말을 하나? 그러면 집으로 가세, 가."

하고 우는 이의 팔을 잡아당기었다.

치삼의 잡는 손을 뿌리치더니 김 첨지는 눈물이 글썽글썽한 눈으로 싱그레 웃는다.

"죽기는 누가 죽어?"

하고 득의가 양양.

"죽기는 왜 죽어? 생때같이● 살아만 있단다. 그 오라질 년이 밥을 죽이지. 인제 나한테 속았다, 인제 나한테 속았다."

하고 어린애 모양으로 손뼉을 치며 웃는다.

● **생때같이** 아무 탈 없이 멀쩡하게.

"이 사람이 정말 미쳤단 말인가? 나도 아주먼네가 앓는단 말은 들었는데."

하고 치삼이도 어느 불안을 느끼는 듯이 김 첨지에게 또 돌아가라고 권하였다.

"안 죽었어. 안 죽었대도 그래."

김 첨지는 화증을 내며 확신 있게 소리를 질렀으되 그 소리엔 안 죽은 것을 믿으려고 애쓰는 가락이 있었다. 기어이 일 원어치를 채워서 곱빼기 한 잔씩 더 먹고 나왔다. 궂은비는 의연히 추적추적 내린다.

김 첨지는 취중에도 설렁탕을 사 가지고 집에 다다랐다. 집이라 해도 물론 셋집이요 또 집 전체를 세 든 게 아니라 안과 뚝 떨어진 행랑방 한 칸을 빌려 든 것인데 물을 길어 대고 한 달에 일 원씩 내는 터이다. 만일 김 첨지가 주기를 띠지 않았던들 한 발을 대문 안에 들여놓았을 제 그곳을 지배하는 무시무시한 정적 — 폭풍우가 지나간 뒤의 바다 같은 정적에 다리가 떨리었으리라. 쿨룩거리는 기침 소리도 들을 수 없다. 그르렁거리는 숨소리조차 들을 수 없다. 다만 이 무덤 같은 침묵을 깨뜨리는 — 깨뜨린다느니보다 한층 더 침묵을 깊게 하고 불길하게 하는 빡빡 하는 그윽한 소리, 어린애의 젖 빠는 소리가 날 뿐이다. 만일 청각이 예민한 이 같으면 그 빡빡 소리는 빨 따름이요 꿀떡꿀떡하고 젖 넘어가는 소리가 없으니 빈 젖을 빤다는 것도 짐작할는지 모르리라.

혹은 김 첨지도 이 불길한 침묵은 짐작했는지도 모른다. 그렇지 않으면 대문에 들어서자마자 전에 없이,

"이 난장 맞을 년, 남편이 들어오는데 나와 보지도 안 해. 이 오라질 년!"

이라고 고함을 친 게 수상하다. 이 고함이야말로 제 몸을 엄습해 오는 무시무시한 증을 쫓아 버리려는 허장성세°인 까닭이다.

하여간 김 첨지는 방문을 왈칵 열었다. 구역을 나게 하는 추기° — 떨어진 삿자리 밑에서 올라온 먼지내, 빨지 않은 기저귀에서 나는 똥내와 오줌내, 가지각색 때가 켜켜이 앉은 옷내, 병인의 땀 썩은 내가 섞인 추기가 무딘 김 첨지의 코를 찔렀다.

방 안에 들어서며 설렁탕을 한구석에 놓을 사이도 없이 주정꾼은 목청을 있는 대로 다 내어 호통을 쳤다.

"이런 오라질 년, 주야장천° 누워만 있으면 제일이야. 남편이 와도 일어나지를 못해!"

라는 소리와 함께 발길로 누운 이의 다리를 몹시 찼다. 그러나 발길에 차이는 건 사람의 살이 아니고 나뭇등걸과 같은 느낌이 있었다. 이때에 빡빡 소리가 응아 소리로 변하였다. 개똥이가 물었던 젖을 빼어 놓고 운다. 운대도 온 얼굴을 찡그려 붙여서 운다는 표정을 할 뿐이다. 응아 소리도 입에서 나는 것이 아니고 마치 배 속에서 나는 듯하였다. 울다가 목도 잠겼고 또 울 기운조차 시진한° 것 같다.

발로 차도 그 보람이 없는 걸 보자 남편은 아내의 머리맡으로 달려들어 그야말로 까치집 같은 환자의 머리를 꺼들어 흔들며,

- **허장성세** 실속은 없으면서 큰소리치거나 허세를 부림.
- **추기** 송장이 썩어서 흐르는 물 또는 그 냄새.
- **주야장천** 밤낮으로 쉬지 아니하고 연달아.
- **시진한** 기운이 빠져 없어진.

"이년아, 말을 해, 말을! 입이 붙었어? 이 오라질 년!"

"……."

"으응, 이것 봐, 아무 말이 없네."

"……."

"이년아, 죽었단 말이냐, 왜 말이 없어?"

"……."

"으응, 또 대답이 없네. 정말 죽었나 보이."

이러다가 누운 이의 흰창이 검은창을 덮은, 위로 치뜬 눈을 알아보자마자,

"이 눈깔! 이 눈깔! 왜 나를 바라보지 못하고 천장만 보느냐? 응." 하는 말끝엔 목이 메었다. 그러자 산 사람의 눈에서 떨어진 닭똥 같은 눈물이 죽은 이의 뻣뻣한 얼굴을 어룽어룽 적신다. 문득 김 첨지는 미친 듯이 제 얼굴을 죽은 이의 얼굴에 한데 비비대며 중얼거렸다.

"설렁탕을 사다 놓았는데 왜 먹지를 못하니, 왜 먹지를 못하니?…… 괴상하게도 오늘은 운수가 좋더니만……."

 활동하기

❶ 장소에 따라 변화하는 김 첨지의 심리를 이모티콘으로 나타내 봅시다.

심리	뚱함.	기쁨	①	기쁨+불안	②	불안	③	눈물
장소	집	정류장	동광학교 앞	남대문 정거장	인사동	창경궁	선술집	집

❷ 작은 행운의 연속 뒤 김 첨지는 아내의 죽음이라는 큰 불행을 맞게 됩니다. 그런데 작가는 왜 이 소설의 제목을 '운수 좋은 날'이라고 지었을까요?

❸ 아래의 기사를 보고 힘든 삶을 사는 사람들을 도울 방법을 찾아봅시다.

> 서울에 살던 세 모녀가 지난 2월 26일 저녁 주검으로 발견되었다. 언론을 통해 알려진 바대로 12년 전 아버지가 떠난 뒤 이들 모녀는 어머니의 식당 노동과 작은 딸의 아르바이트로 생활을 이어 왔다. 35세, 32세였던 두 딸은 어려운 생활과 지병으로 신용 불량자가 되어 있었고, 병원비 부담 때문에 치료조차 포기하고 지내 왔다고 한다. 60세 어머니는 지난 1월 팔을 다친 뒤 식당 일조차 하지 못해 왔다. 이런 상황에 빠져 있었지만 그들 주변에는 아무도 없었다. 가장 가난한 이들을 위한 최후의 안전망, 기초 생활 보장 제도의 수급 신청조차 하지 않았다고 한다. …… 이들 모두 복지 제도의 근처에도 가 보지 못했다. 부양 의무자 기준 때문에, 근로 능력 때문에 마지막 복지조차 거절당한 이들이다.
> 　　　　　　　　　　　　　　　　　　　　　　　　　　　－ 프레시안(2014. 3. 3.)

- 우리 사회가 _____ 것을 제안합니다.
- 나는 _____ 것을 약속합니다.

❹ 김 첨지가 그날 일을 하러 가지 않았다면 이 소설의 끝은 바뀌었을까요?

작품 해설

식민지 하층민의 비참한 현실

이보다 더 비참할 수 있을까요? 세상에 힘든 일들이 참 많습니다만 가난만큼 무서운 것도 없는 것 같습니다.

김 첨지의 아내는 며칠을 굶주리다 익지도 않은 조밥을 손으로 퍼 먹고는 앓아눕게 됩니다. 가난한 김 첨지는 하루만 쉬라는 아내의 만류를 뒤로하고 돈을 벌기 위해 빗속을 헤맵니다. 다행인지 불행인지 손님들은 줄을 잇고 오랜만에 적잖은 돈을 벌게 됩니다. 하지만 아내 걱정에 집이 가까워질수록 김 첨지의 발걸음은 더뎌집니다. 마침내 집으로 향하는 길, 때마침 친구를 만나 술기운으로 두려움을 떨치고 아내가 먹고 싶다던 설렁탕까지 사서 집으로 갑니다. 하지만 김 첨지를 기다리는 것은 싸늘한 아내의 시신입니다. 심지어 개똥이는 나오지도 않는 어미의 젖을 빨고 있지요. 김 첨지는 울부짖습니다. "설렁탕을 사다 놓았는데 왜 먹지를 못하니, 왜 먹지를 못하니?…… 괴상하게도 오늘은 운수가 좋더니만……."이라고 말이죠.

「운수 좋은 날」은 1920년대 일제 강점기 도시 하층민의 비극적인 삶을 사실적으로 그린 작품입니다. 섬세한 사실 묘사와 치밀한 구성, 그리고 '운수 좋은 날'이라는 제목과 비극적인 결말 사이의 반어적 설정은 이 작품의 완성도를 높이고 있습니다. 또한 '새침하게 흐린 품이 눈이 올 듯하더니 눈은 아니 오고 얼다가 만 비가 추적추적 내리는 날이었다.'로 시작된 '비'를 통해 작품 전체적으로 우울한 분위기를 만들어 비극적인 주제가 더욱 잘 드러나도록 하고 있습니다.

「운수 좋은 날」을 읽고 '왜 김 첨지는 이토록 가난했을까?', '김 첨지는 아내를 사랑하긴 했을까?' 등 더 많은 질문을 던지며 더 깊고 넓게 생각할 수 있었으면 좋겠습니다.

엮어 읽기

양호문, 『웰컴, 마이 퓨처』
가난과 힘든 삶 속에서도 가족과 함께 살아가려 노력하는 오늘의 청소년이 주인공인 소설입니다. 가난한 삶이 드러나는 점에서 「운수 좋은 날」과 비슷한 부분도 있지만, 주어진 현실에 대처하는 주인공의 삶의 태도를 보면서 다른 결말을 상상해 볼 수 있습니다.

내가 그린 히말라야시다 그림

성석제(1960~)

성석제 작가는 경상북도 상주에서 태어났습니다. 1986년 『문학사상』에 시 「유리 닦는 사람」을 발표하며 작품 활동을 시작하였고, 1994년부터는 본격적으로 소설과 산문을 써 왔습니다. 해학과 풍자 혹은 과장과 익살을 통해 인간의 다양한 모습을 그려 내는 작품, 남들이 흔히 다루지 않는 소재를 다루면서 인간을 향한 따뜻한 시선도 함께 담아내는 작품들을 쓰고 있습니다. 『그곳에는 어처구니들이 산다』, 『홀림』, 『황만근은 이렇게 말했다』, 『왕을 찾아서』, 『소풍』 등을 펴냈습니다.

여러분에게도 비밀이 있나요?

부모님에게 혼나지 않으려고 거짓말을 했는데 그걸 그대로 믿어 주셨을 때, 시험 시간에 부정행위를 하고 들키지 않았을 때, 주운 돈이나 물건을 이미 다 써 버렸는데 뒤늦게 주인이 누구인지를 알게 되었을 때 여러분은 부끄러워서 아무에게도 말할 수 없는 혼자만의 비밀을 만들 수밖에 없을 거예요. 만약 여러분이라면 이 비밀을 상대방에게 솔직히 털어 놓고 용서를 구할 수 있을까요?

오늘 우리가 함께 읽어 볼 작품 속 주인공은 바로 이런 말 못할 비밀을 간직한 사람이에요. 누구보다 뛰어난 재능을 가지고 있다고 믿고 있던 주인공에게 과연 어떤 일이 생겼는지, 그 비밀이 주인공의 삶에 어떤 변화를 가져왔는지 확인하며 함께 감상해 볼까요?

 재능과 노력에 관한 두 명언 중 여러분은 어떤 명언이 마음에 드나요? 그 이유는 무엇인가요?

- 천재는 1%의 영감과 99%의 노력으로 만들어진다. - 토머스 에디슨
- 천재는 노력하는 자를 이길 수 없고, 노력하는 자는 즐기는 자를 이길 수 없다.
  - 롤프 메르클레

내가 그린 히말라야시다 그림

• 성석제 •

0

그때 말해야 했을까? 아니, 모르겠어. 다시 그때가 된다면 내 입으로 말할 수 있을까. 아니 그것도 몰라. 내가 아는 건 내가 말할 수 있었지만 말하지 않은 그 일 때문에 내 삶이 달라졌다는 거야. 그래, 달라졌어. 그 일이 아니었다면 나는 다른 직업을 가졌겠지. 남을 속이는 교활한 장사꾼? 명령에 충실하게 따르는 군인? 뭘 했을지는 몰라도 지금처럼 그림을 그리고 있지는 않겠지.

그 일이 일어난 건 내 탓이 아냐. 그건 확실히 그렇다고 말할 수 있어. 우연이야. 아니 누군가의 실수지. 내 실수는 아니라구.

나는 그림에 천재적인 재능이 있어. 겉으로 보면 그래. 지금 내가 그린 그림이 우리나라에서 가장 유명한 화랑의 벽을 장식하고 값비싸게 팔리고 있는 것만 봐도. 이런 척도•를 속물적이라고 해도 할 수 없어. 사실이 그러니까. 내가 재능이 없으면 내 그림을 산 사람들이 엄청나게 손해를 보게 되겠지. 그러니까 아무도 의심하지 않아.

나 혼자 내 재능을 의심하지. 나를 의심해 왔지. 그날 그 일이 있

• **척도** 평가하거나 측정할 때 근거로 삼을 기준.

은 뒤부터. 혼자서만, 조용히, 아무도 모르게, 그 누구도, 나를 미술의 길에 들어서게 한 아버지도 모르게, 만난 이후 수십 년 동안 내가 그림을 그릴 때마다 격려하고 내가 벽에 막혀 더 나가지 못하고 서성거리거나 좌절할 때마다 나를 위로해 준 내 아내도 모르게. 내게 이런저런 상을 안겨 준 평론가들, 원로•들, 스승들이라고 알 수 있었겠어? 나는 이런 내 마음속을 들키지 않으려고 무진 애를 썼지. 내가 타고난 재능을 한 번도 의심해 본 적이 없는 것처럼 말하고 다녔지. 고개를 쳐들고 상대의 눈을 쏘아보며.

생각해 봐야겠어. 왜 그 일이 생겨났는지. 그 일은, 그 사건의 싹은 초등학교 3학년 때 자라기 시작했어. 그래, 천수기 선생님. 천 선생님이 내 담임 선생님이 되면서부터야. 선생님은 아버지의 초등학교 동창이었어. 졸업생이 스무 명도 안 되는 학교의 동창. 두 사람은 그 졸업생 중에서도 가장 친한 친구였지. 한 사람은 교사가 되었지만 한 사람은 그렇게 되고 싶어 하던 화가가 못 되고 농사를 짓는 사람이 되었어. 졸업한 이후 각자 서른 살이 되기까지 만나지 못했지만 서로를 잊지 않고 있었지.

아버지는 염소를 팔러 나갔다가 장터에서 선생님과 마주쳤어. 두 사람은 십수 년 만에 만난 어린 시절 친구를 금방 알아보지는 못했어. 선생님은 밀짚모자를 쓰고 흙탕물이 튄 옷을 입은 농부에게서 어린 시절 친구의 모습을 떠올리면서 그의 행동을 유심히 바라보고 있었지. 선생님이 지켜보는 동안 아버지의 염소가 팔렸고 아버지는 돈을 손에 든 채 읍내에 하나밖에 없는 화방으로 갔다지. 그걸 보고

• **원로** 한 가지 일에 오래 종사하여 경험과 공로가 많은 사람.

선생님은 아버지가 어린 시절 친구라는 걸 확신했지. 군 전체 인구가 20만 명, 읍내에 사는 인구가 5만 명 정도밖에 안 되는 작은 도시에서 화방까지 가서 그림 재료를 살 사람은 흔치 않았지. 미술 선생님이라면 그럴 수도 있겠지만 아버지는 장화를 신고 염소의 목에 달려 있던 방울을 손에 쥔 농부였어. 선생님은 아버지를 뒤따라 화방 안으로 들어갔고, 두 사람은 거기서 서로에게 남아 있는 어릴 때의 옛 모습을 찾아냈지. 다가서서 손을 맞잡았어.

"자네는 어릴 적에 공부를 그리 잘하더니만 결국 아이들 공부를 가르치는 선생님이 되었군. 양복과 자전거가 잘 어울려. 어디 사는가?"

선생님이 근무하는 초등학교 근처에 산다고 말하고는 아버지에게 아직도 그림을 그리느냐고 물었어.

"어, 내 아들놈이 지금 열 살이야. 난 아버님의 유언 때문에 그림을 포기한 대신 장가는 일찍 갔다네. 그 애가 그림에 재능이 있는지는 모르겠지만, 내가 그래도 한때 그림을 좀 그렸던 사람으로서 재료는 좋은 걸 써야겠기에 우리 형편에는 좀 과분하지만 이리로 온 걸세."

아버지는 화방에서 권하는 크레파스와 스케치북을 집어 들었어. 선생님은 아들이 어느 학교에 다니느냐고 물었어. 아버지는 내가 다니는 학교를 말했고 그 학교는 바로 선생님이 막 전근 온 학교였어. 선생님은 마침 3학년 담임을 맡은 터였지.

"그럼 자네 아들 이름이?"

"선규일세. 백선규."

선생님은 소리 내어 웃었지. 선생님 반에 우연히 내가 있었기 때문에. 이 우연 때문에 내 인생이 달라진 걸까. 아니야. 자신이 담임을 맡은 반에 친구의 아들이 있다는 게 흔한 일은 아니라도 있을 수 있는 일이지. 문제는 그다음이야. 그날 저녁 집에 온 아버지는 내게 말했어.

"읍에서 네 담임 선생님을 만났다. 그 사람이 아버지의 친구더라. 그렇다고 너를 다른 아이들보다 잘 봐줄 거라고 생각하지는 마라. 오히려 이 아비의 얼굴에 먹칠●을 하지 않으려면 다른 아이들보다 훨씬 더 노력해야 한다."

다음 날 아침, 조회가 끝난 뒤에 선생님이 나를 부르고는 복도에 세워 놓은 채 말했어.

"네 아버지가 내 친구라는 걸 들었겠지? 그렇지만 선생님은 친구의 아들이라고 봐주지는 않는다. 뭐든지 더 열심히 해야 해. 알았느냐?"

나는 두 사람 모두에게 고개를 끄덕이며 "예." 하고 대답했지만 두 사람의 마음에 들기 위해 뭘 어떻게 해야 할 줄은 몰랐어. 내가 그때 하고 싶은 건 딱 한 가지, 공을 차는 거였어. 나는 축구를 좋아했어. 아이들과 공을 차며 날이 어두워질 때까지 운동장에서 놀다가 집까지 십 리나 되는 길을 여우를 만날까 도깨비를 만날까 무서워하며 달려가는 일이 거의 매일 반복되고 있었어.

1

난 그림을 좋아해. 오늘도 미술관에 나와서 전시된 그림을 보았

● **먹칠** 명예, 체면 따위를 더럽히는 짓을 비유적으로 이르는 말.

어. 유명한 전시회가 열리는 미술관이나 박물관은 어쩌다 한 번 가지만 일주일에 한두 번은 화랑과 작은 미술관이 즐비한 거리를 돌아다니지. 걷고 또 걸으며 돌아다니다 눈과 다리가 아프면 찻집 '고갱과 고흐'로 가곤 해. 여기서 따뜻한 커피를 마시면서 창문 밖으로 걸어가는 사람들의 옷차림과 얼굴빛과 하늘의 색깔을 비교해 보지. 사람의 배경이 되는 나무줄기의 빛깔과 나뭇잎을 흔드는 바람에서 무슨 느낌을 얻기도 해.

바람을 그릴 수 있을까? 바람은 보이지 않아서 그릴 수 없어. 하지만 바람 때문에 휘어지는 나뭇가지, 바람에 뒤집히는 우산을 통해 바람을 표현할 수는 있어. 그런 일이 그림이 할 수 있는 영역이라고 나는 생각하곤 해. 그림에 대한 정의라고 할 수는 없지만, 나는 학자도 비평가도 화가도 아니니까, 그냥 그림을 좋아하고 좋은 그림을 바라보고 있으면 기분이 좋아지는 애호가•로서 내 마음대로 생각할 거야.

물론 진짜 예술가라면 이 세상에 존재하는 모든 것을 표현할 수 있겠지. 바람도 붙들어서 화폭 안에 고정시키고 구름도 악보 안에 잡아 놓고. 시간도 그렇게 하는 거지. 시간, 시간도 무대와 음악과 화폭 속에 붙들어 영원하게 만들겠지. 좋은 그림을 보고 있으면 시간 가는 줄 몰라. 화가는 가는 시간을 화폭에 담아서 잡아 놓고 다른 사람의 시간은 마냥 흘러가도 모른 척하는 사람일까? 그럴지도 몰라. 내가 아는 사람이라면, 그렇게 하고도 시치미를 뚝 떼고 "난 잘못한 거 없소." 할 인물이지. 그 사람, 백선규. 나와 같은 고향 출신

• **애호가** 어떤 사물을 사랑하고 좋아하는 사람.

이고, 같은 초등학교를 나왔는데 어릴 때부터 상이란 상은 다 받고 다니더니 자라서도 한국을 대표하는 화가가 됐어.

 '고갱과 고흐'에도 백선규의 작품이 걸려 있지. 진품은 아니고 몇 년 전 어느 대기업의 달력에 인쇄된 그림을 오려서 액자에 넣은 거지. 그 사람 작품, 저만한 크기에 진품이라면 몇천만 원을 할지 몰라. 그런 작품이 이런 가게 벽에 걸려 있다가 누군가 재채기를 하는 바람에 콧물이 튀기라도 한다면 어떻게 해. 누가 코딱지를 문질러 붙이면 어떻게 하겠느냐고. 그 사람 작품은 몽땅, 작업실 바깥으로 나오는 대로 특수하게 설계된 수장고●로 모셔지고 그 안에서 적당한 온도와 습도가 유지되는 가운데 편안히 잠들어 있게 된다지, 아마.

 인쇄된 작품이라도 얼마나 정확하게 그린 선인지 보여. 악마가 그려 준 것처럼 동그랗고 선명한 저 원. 원과 원을 연결하는 실낱같은 저 선. 더없이 흰 바탕, 너무나 희어서 마치 없는 듯한 바탕. 흰 눈보다 더 희고 흰 구름보다 더 희고 흰 거품보다 더 흰 저 흰색. 영혼을 팔아서 그 대가로 도깨비가 가져다준 물감을 쓰는 것일까. 그 사람은 어떻게 저 흰색을 만들어 내는지 말하지 않았지. 원과 선을 그리는 저 검은색은 또 얼마나 검은지. 물감의 검은색보다 검고 숯보다 더 검고 천진무구한 소녀의 눈동자보다 더 검은 저 검은색. 천년 묵은 구미호가 그에게 검정 물감을 가져다주는 것일까. 그는 말한 적이 없어. 그에게는 비밀이 많아 보여.

 세상에서 가장 검은 검은색과 세상에서 가장 흰 흰색이 만나, 그

● **수장고** 귀중한 것을 고이 간직하는 창고.

의 그림은 보석처럼 벽을 빛나게 하지. 저런 게 예술이 아닐까. 인쇄된 작품이라도 그렇게 보이니 진품은 정말 어떨지 상상이 안 가. 진품이 생산되고 있는 작업실은 아마도 무균실 같을 거야.

0

내 어린 시절 고향 읍내에서는 5월이면 온 군민이 모두 참여하는 군민 체전이 열렸지. 공설 운동장 주변에는 임시로 장터가 만들어지고 사방이 잔칫집처럼 떠들썩하지. 풍선이 하늘로 날아오르고 솜사탕 만드는 자전거 바퀴가 윙윙 돌고 어디선가 브라스 밴드˙의 연주 소리가 쿵쾅쿵쾅 울려 나오고 있어. 브라스 밴드의 연주는 어쩌면 우리들 가슴속에서 대회 기간 내내 울려 퍼지는지도 몰라.

공설 운동장 안에서는 예선을 거쳐 올라온 선수와 팀 들이 경기를 벌여서 우승자를 가리지. 그렇게 사흘 동안 경기가 벌어지고 내가 좋아하는 축구 결승전은 체육 대회 마지막 날, 토요일 오전에 열렸어. 운동장 곁을 지날 때 사람들의 함성만 들어도 내 가슴이 쿵쾅쿵쾅 뛰었지. 내 발은 스펀지가 들어간 듯이 푹신거리고 어서 달려가서 경기하는 걸 보고 싶다는 마음으로 주먹을 꼭 쥔 손바닥이 아팠지.

하지만 초등학교 3학년이던 해 나는 거기에 갈 수 없었어. 선생님이 가지 못하게 했기 때문이지. 내가 축구를 얼마나 좋아하는지 모르니까 그랬겠지만. 몰라서 잘못한 게 잘한 게 되지는 않아. 그 축구 경기를 못 봐서 얼마나 가슴이 찢어질 것 같았는지, 지금도 그 느낌

˙ **브라스 밴드** 관악대. 트럼펫, 호른 따위의 금관 악기를 중심으로 편성된 악대.

이 생생해. 내가 그걸 얼마나 기다렸는데. 그때 우리 집에는 텔레비전도 없었고 영화를 보러 손을 잡고 극장에 가자는 사람도 없었어. 라디오에서 농촌의 어느 군민 체전 축구 경기를 중계하는 것도 아니었어. 그때 축구 결승전은 한번 보지 않으면 영원히 못 보는, 세상에 단 하나밖에 없는, 단 한 번밖에 상영하지 않는 영화 같은 거였어. 그런데 선생님이 그걸 볼 기회를 빼앗아 간 거야.

"넌 이번에 군 학예 대회 초등부 사생 대표로 나가야 한다. 반에서 두 명씩 나가서 학교를 대표하는 거다."

군민 체육 대회가 있는 그 주간에 군 전체의 초중고 학생들이 참가하는 학예 대회가 열리고 그 안에 사생(그림) 경연 대회가 있는 건 맞아. 일 년 중 가장 큰 문예 행사여서 교장 선생님부터 좋은 성적을 낼 수 있게 조바심을 내며 닦달*을 하는 대회야. 선생님들은 말할 것도 없이 각 분야별로 좋은 성적을 내게 하려고 노력을 했지. 그림 외에도 서예, 합창, 밴드, 글짓기까지 여러 분야가 있는데 그거야 어떻든 간에, 어디까지나 학예 대회는 4학년 이상만 나가는 대회였어. 그런데 선생님은 자신의 친구 아들이 자신의 친구처럼 그림에 대단한 소질이 있다고 믿었어. 친구는 재능을 살리지 못하고 농사를 짓고 있지만 그의 아들에게 최대한의 기회를 주어야겠다고 생각한 거야. 그런데 그 방법이라는 게 정상적인 게 아니었어. 4학년 담임 선생님 중에 자신과 친한 선생님에게 말해서 그 반의 대표로 3학년인 나를 내보내기로 한 거야. 물론 나는 대회에 나가서 내 이름을 쓸 수가 없지. 4학년 5반 대표 중 하나로 나가는 거니까. 하긴 대

• **닦달** 남을 단단히 윽박질러서 혼을 냄.

회장에 가서 보니까 이름을 쓸 필요도 없고 써서도 안 되었지. 혹시 심사 과정에 부정이 있을지도 몰라 대회에 참가하는 사람들에게 번호를 미리 주고 참가자는 자신의 작품 뒤에 이름 대신 그 번호를 적게 되어 있었던 거지.

그거야 어떻든 상관없었어. 나한테 중요한 건 그 대회가 열리는 날이 축구 결승전을 하는 날이었다는 거야. 내가 좋아하는 경찰 대표가 결승전에 올라왔고 결승 상대는 진짜 축구 선수가 여섯 명이나 들어 있는 전문학교● 대표였어.

사생 대회는 공설 운동장에서 그리 멀리 떨어지지 않은 교육청 마당에서 열렸어. 큰 플라타너스 나무 아래에 연못이 있었고 거기에 군의 14개 초등학교에서 대표로 나온 아이들 수백 명이 모여서 그림을 그렸어. 플라타너스와 연못 주변의 풍경을 그리라는 게 과제였어.

나는 공설 운동장에서 함성이 들려올 때마다 목이 메었어. 응원하는 노래가 되풀이되다가 누군가 골을 넣었는지 엄청나게 큰 함성과 박수 소리가 들려왔을 때 눈물을 흘리기까지 했어. 얼른 그림을 그려서 제출하고 공설 운동장에 가려는 생각도 했지만 시간이 너무 없었어. 결승전이 사생 대회하고 같은 시간에 시작되었으니까 말이야. 최대한 빨리 그려 내고 운동장까지 뛰어간다고 해 봐야 결승전이 거의 끝날 시간이었지. 심사 결과는 그날 오후에 나올 예정이었지. 결국 나는 그해의 축구 결승전을 보지 못했어. 눈물을 훔치면서 집으로 돌아가야 했어.

● **전문학교** '전문 대학'의 전 이름.

이상한 일은 그날 저녁 무렵에 일어났어. 선생님이 자전거를 타고 읍에서 십 리쯤 떨어진 우리 집에 찾아온 거야. 가정 방문을 온 게 아니야. 선생님은 손에 술병을 들고 왔어. 선생님은 아버지를 만나서는 어깨에 손을 얹더니 이렇게 말했어.

"축하하네. 자네 아들이 사생 대회에서 장원을 했어. 열 살짜리가. 보라구. 겨우 열 살짜리가 저보다 몇 살 더 많은 아이들을 다 제치고 일 등을 했다 이 말이야. 그 애들 중에는 따로 그림을 과외로 배우는 애들도 있어. 자네 애는 이번에 그림 그리기 대회에 처음 나간 거라면서?"

아버지는 땀 냄새가 푹푹 나는 옷을 젖히면서 친구의 손에서 살그머니 떨어졌어. 그러고는 쑥스럽게 웃는 듯했는데, 그게 내가 난생처음 사생 대회에서 장원한 것에 대한 반응의 전부였어.

1

내 아버지는 읍에서 제일 큰 제재소•를 운영했어. 그 시절은 한창 집을 많이 지을 때여서 제재소를 드나드는 차와 사람들로 문짝이 한 달에 한 번은 떨어져 나갈 지경이었지. 나는 고명딸•이었어. 아버지는 오빠들이 정구를 친다고 하자 정구장을 집 마당에 지어 줬지. 나는 피아노를 배웠는데 피아노가 싫다고 하니까 바이올린을 사다 줬어. 그런데 바이올린 선생님이 무슨 일로 못 오게 된 뒤로 나는 그림을 배우겠다고 했어. 아버지는 언제나 내가 원하는 대로 해 주었지.

• **제재소** 베어 낸 나무로 재목을 만드는 곳.
• **고명딸** 아들 많은 집의 외딸.

읍내에서 유일한 사립 중학교에서 미술을 가르치는 선생님이 집으로 와서 나에게 그림을 가르쳐 주었어. 선생님은 내가 그림에 재능이 뛰어나다고 계속 공부를 시키면 훌륭한 화가가 될 수 있을 거라고 했어. 비싼 과외비를 받으니까 그냥 해 본 말인지도 몰라. 그 말을 들은 아버지는 "딸내미가 이쁘게 커서 시집만 잘 가면 됐지, 뭐 그림 그려서 돈 벌 것도 아니고 결혼해서 식구들 먹여 살릴 것도 아닌데 힘들게 공부할 거 뭐 있나."라고 했대. 그 말을 전해 듣고 나는 그렇게 열심히 할 생각이 없어졌어. 원래 열심히 하려던 것도 아니고 말이야. 그래도 배운 게 있어서 그림을 남들보다 잘 그리게는 됐을 거야.
　4학년이 되어서 나는 특별 활동반으로 문예반에 들었어. 그런데 막상 들어가고 보니 글짓기는 아무나 하는 게 아닌 것 같았어. 내가 하고 싶은 말을 이런 건데 막상 글을 써 놓고 보면 저런 게 돼 버리고, 그것도 여기저기 틀리기도 하고 그래. 정말 아버지 말대로 내가 남자고 결혼하고 아이 낳아서 글로 벌어먹고 살아야 된다면 엄청나게 힘들 것 같았어. 그래도 문예반이 좋았어.
　문예반 선생님은 동시를 쓰시는 분인데 아주 유명하기도 했고 참 잘생겼지. 가까이 가면 기분 좋은 냄새가 났어. 그 냄새가 좋았고 그 냄새의 주인인 선생님은 더 좋았어. 나는 동시를 잘 쓰지 못하지만 선생님이 쓴 동시를 보면 무슨 뜻인지 잘 알 것 같고 참 좋았어. 그런 게 진짜 문학이 아닐까. 잘 모르는 사람도 좋아지게 만드는 게 예술 작품이지.
　그해 봄에 나는 군 학예 대회에서 글짓기 백일장에 나가지 못했어. 그건 당연하지. 내가 읍에서 몇 번째 안에 드는 부잣집 딸이라고 해서 누가 봐도 재능이 없는데 글짓기 대표로 내보낼 수는 없지. 그 대신 나는 사생 대회 대표로 뽑혔어. 그때 우리 학교는 한 학년이 다섯 반이고 4학년 이상 한 반에 두 명씩 대회에 나가니까 우리 학교에서만 서른 명이 참가하는 거야. 대개는 미술반에 있는 애들이었어. 문예반에 있는 애들은 학교에서 십 리 이십 리 떨어진 데 사는 농촌 애들이 많은데 미술반 애들은 거의 다 읍내 애들이고 좀 잘사는 애들이었어. 글짓기는 연필하고 지우개, 원고지만 있어도 되지만 미술은 크레용, 화판, 스케치북이 필요하고 그것들을 빨리 써 버리게 되니까 돈이 좀 들거든. 그런 게 나하고 무슨 큰 상관이 있는 건 아니지만.

사생 대회는 토요일 오전에 우리 학교에서 열렸어. 우리가 다니는 초등학교가 군에서 가장 오래된 학교라서 그랬던 것 같아. 건물도 오래됐고 나무도 커서 그림 그릴 게 많았는지도 몰라. 우리 학교 다니는 애들한테 유리한 것 같긴 했지.

우리는 주최 측이 확인 도장을 찍어서 준 도화지를 한 장씩 받아서 그림을 그리기 위해 여기저기로 흩어졌지. 그런데 내 뒤에서 그림을 그리던 녀석, 옷도 지저분하고 검정 고무신을 신은 데다 간장 냄새가 나던 녀석이 기억에 오래 남았어. 그 냄새며 꼴이 싫어서 자리를 옮기려고 했지만 이미 노란색 크레파스로 그 앞의 나무와 갈색 나무 교사(校舍)●의 밑그림을 그린 뒤라서 그럴 수도 없었어. 참 그 냄새, 머리가 아프도록 지독했어. 그건 한마디로 말하자면 가난의 냄새였어.

● **교사** 학교의 건물.

0

 4학년이 되고 나서 나는 미술반에 들어갔지. 천수기 선생님은 문예반을 맡았는데 미술반을 맡은 주은희 선생님에게 나를 특별히 부탁했다고 했지. 아버지 이야기를 했는지도 몰라. 천 선생님은 자신이 직접 본 사람 중에 가장 그림에 뛰어난 재능을 가진 사람이 아버지라고 했어. 그림과 동시는 분야가 다르지만 천 선생님은 다른 예술에 대한 평가 기준도 상당히 높았지.

 아버지는 한때 그림을 그리겠다고 했다가 할아버지에게 혼이 났어. 입에 풀칠하기도• 힘든 가난한 농사꾼의 자식이 도시의 여유 있는 사람들이 즐기는 예술인 미술을 평생의 직업으로 삼겠다니 할아버지는 이해를 못 했겠지. 그래도 아버지는 고등학교까지는 미술반에서 활동을 했고 같은 또래에서는 제일 그림을 잘 그리는 걸로 인정을 받았던가 봐. 서울에 있는 국립 미술 대학에 합격까지 했다니 그 당시 고향에서는 일 년에 한두 명 나올까 말까 한 일이었다지. 할아버지가 그 사실을 알고 아버지를 호되게 나무랐지. 그때 아버지는 집을 나가려고 가방까지 쌌었는데 그만 할아버지가 쓰러지신 거야.

 할아버지를 달구지•에 싣고 병원에 모시고 가니까 곧 돌아가실 것 같다고 준비를 하라고 했대. 그때 할아버지가 유언으로 "네 어미와 동생들을 단 한 끼라도 굶게 해서는 안 된다."고 하셨고 아버지는 그러겠다고 맹세했어. 할아버지는 이웃 동네에 살던 친구의 딸을 데려오게 해서 그 자리에서 아버지와 약혼을 하게 했어. 지금은

• **풀칠하기도** 겨우 끼니를 이어 가기도.
• **달구지** 소나 말이 끄는 짐수레.

이해가 잘 안 가는 일이지만 그땐 스무 살에 결혼하는 게 그렇게 이상한 일은 아니었다지. 아버지는 할아버지 간호를 하고 생계를 꾸려 가기 위해 대학 진학을 미뤘어. 그런데 할머니가 그해 봄에 쓰러져서 곧 돌아가셨고 그 바람에 어머니는 주부가 된 거야. 할아버지는 가을쯤에 병석˙에서 일어나셨지. 그해 겨울에 내가 태어난 거고 말이야. 그래서 아버지는 할아버지와 함께 농사를 짓게 된 거지.

나는 미술반에 들어가서 그림을 많이 그리지는 않았어. 한 해 전 3학년 때에 학교 대표로 나간 건 비밀이었지. 주은희 선생님은 알았어. 그러니까 내가 연습을 안 해도 못 본 척해 준 거야. 군 학예 대회에서 사생 부문 장원을 하면 48색짜리 크레파스 다섯 통하고 스케치북 열 권이 상품인데 내가 그걸 받을 수는 없었어. 상품이 아이들 나무할 때 쓰는 작은 지게로 한 짐이나 죄니 열 살짜리가 무거워서 못 받은 게 아니라 나에게 이름을 빌려준 4학년 5반 대표가 받고는 입을 싹 씻어 버린 거야. 그게 알려지면 자기도 망신이니까 비밀은 지켰어.

그래서 나는 그림을 그릴 때 몽당연필처럼 짤막한 크레파스하고 이미 그린 그림이 있는 스케치북 뒷면으로 그림 연습을 할 수밖에 없었어. 우리 집 형편에 크레파스와 스케치북을 자꾸 사 달라고 하기도 힘든 일이고 아버지에게 염소가 많은 것도 아니었어. 게다가 내 동생이 넷이나 됐지.

미술이 별것 아니라는 생각도 들었지. 내 아버지는 동시로 전국적으로 유명한 천수기 선생님이 인정하는 화가의 재능을 타고났어. 내

˙ **병석** 병자가 앓아누워 있는 자리.

가 그 아버지의 아들이 틀림없는데 다른 평범한 아이들처럼 죽어라 연습할 필요는 없잖아. 나는 미술반 아이들과 함께 주 선생님을 따라 산과 들을 다닐 때 열에 여덟아홉은 스케치북을 펴지도 않았어. 가끔 주 선생님이 "관찰도 공부다."라고 하면서 자연과 주변의 물건들을 세세하게 봐 두라고 했지.

아버지, 아버지는 나한테 별 관심이 없는 것 같았어. 염소를 팔아서 크레파스와 스케치북을 사 주던 때, 그때는 아버지한테 좀체 잘 없는 특별한 순간이었던 것 같아. 다시 병석에 누운 할아버지와 우리 식구들 굶기지 않으려면 정신없이 일을 해야 했지. 생각하긴 싫지만 내가 태어나는 바람에 아버지가 화가가 되려는 꿈을 버려야 했는지도 몰라. 그래서 일부러 그림 쪽으로는 모른 척하는 건지도.

그러다가 다시 군민 체전이 열리는 5월이 돌아왔어. 군 전체 초중고 학생들이 참가하는 학예 대회도 당연히 함께 열렸지. 모든 게 작년하고 비슷했어. 내가 떳떳이 반 대표로 사생 대회에 참가하게 되었다는 것이나 대회 장소가 우리 학교라는 게 달랐지. 이번에 장원상을 받으면 상품으로 그림 연습을 마음껏 할 수 있게 될 거라고 생각했어. 크레파스 다섯 통과 스케치북 열 권을 다 쓰기도 전에 다음 대회가 열리게 되겠지.

지금 생각하면 참 우스워. 상으로 그림 도구를 받아서 그림을 제대로 잘 그릴 생각을 하다니. 그땐 전혀 우습지 않았어. 좀 긴장이 됐지. 차상, 차하도 돼. 크레파스하고 스케치북이 상품으로 나오긴 하니까 모자라는 대로 어떻게 되겠지. 그냥 특선이나 입선은 곤란하지. 공책이나 연필밖에 안 주니까. 상장 뒷면에 그림을 그릴 수도 없고.

나는 아버지가 사 준 크레파스를 들고 학교로 갔어. 한 해 전과는 다르게 크레파스 뚜껑이 달아나 버려서 습자지˙를 덮고 고무줄로 동여맸지. 한 해 전처럼 그림을 그려서 제출할 도화지를 받아 들고 뒷면에 미리 부여받은 내 번호를 적었지. 나는 124번이었어. 잊어버릴 수가 없는 번호야. 그 몇 해 전에 무장간첩˙들이 남한으로 내려왔는데 무장간첩을 훈련시킨 부대 이름이 124군 부대라서 그런 게 아냐. 하여튼 나는 도화지 뒤 네모난 보랏빛 칸에 검은색으로 번호를 124라고 분명히 적었어.

124

내 앞에는 언제부터인가 여자아이가 두 명 앉아 있었어. 한 아이는 낯이 익었어. 같은 반을 한 적은 없지만 천수기 선생님하고 같이 가는 걸 몇 번 본 적이 있었지. 자주색 원피스에 검은 에나멜 구두를 신고 있었고 머리에 푸른 구슬 리본을 매고 있는데 무척 얼굴이 희고 예뻤지. 나하고 한 반이었다고 해도 나 같은 촌뜨기에게는 말을 걸지도 않았겠지.

그 여자애와 나는 비슷한 점이 하나도 없었어. 크레파스부터 한 번도 쓰지 않은 새것, 한 번만 더 쓰면 더 쓸 수 없도록 닳은 것이라는 차이가 있었어. 처음부터 다른 길에서 출발해서 가다가 우연

• **습자지** 글씨 쓰기를 연습할 때 쓰는 얇은 종이.
• **무장간첩** 전투에 필요한 장비를 갖춘 간첩.

히 두어 시간 동안 같은 장소에서 비슷한 그림을 그리게 되겠지만 앞으로 영원히 만날 일이 없을 것 같은 사람이야. 그 여자아이도 그걸 의식하고 있는 것 같았어. 나를 한 번 힐끗 넘겨다보고는 코를 찡그리더니 더 이상 눈길을 주지 않았어. 자리를 뜰 것 같았는데 계속 그리기는 하더군. 나를 의식하기 전에 밑그림을 그렸던 게 아까웠겠지.

히말라야시다*가 쑥색 가지를 늘어뜨리고 있는 화단이 있고 화단 뒤에 나무쪽을 붙인 벽이, 벽 위쪽에 흰 종이가 발린 유리창이 있는 교사가 있었어. 히말라야시다 앞에 키 작은 영산홍이 서 있고, 화단을 따라 발라진 시멘트 길에 햇빛이 하얗게 비치고 있었어.

축구 결승전이 열리고 있을 공설 운동장은 꽤 멀었지. 멀지 않다고 해도 나에게는 목표가 있었어. 장원, 그리고 다음 군 사생 대회까지 그림을 그릴 수 있는 크레파스와 스케치북. 나는 그림에 집중했지. 내가 생각해도 그림은 잘되었어.

마감 시간이 다 되어서 나는 그림을 제출했어. 그 여자아이는 진작에 가고 없었어. 그런 아이들이야 재미로 그리는 거니까 쉽게 빠르게 그리고 내 버렸을 거라고 생각했지. 할아버지 말이 맞을지도 모르지. 그림 같은 건 돈 많은 사람들이 시간을 주체할 수 없어서 하는 놀이라고. 우리 같은 가난뱅이 농사꾼 무지렁이*들이 무슨 예술을 하느니 마느니 개나발*을 불다가는 쪽박이나 차기 십상이라는 거지. 있는 쪽박이나 잘 간수하는 게 주제에 맞는다는 거야.

* **히말라야시다** 개잎갈나무. 소나뭇과의 상록 침엽 교목. 높이는 30미터 정도이며, 잎은 끝이 뾰족하다.
* **무지렁이** 아무것도 모르는 어리석은 사람.
* **개나발** 사리에 맞지 아니하는 헛소리나 쓸데없는 소리를 낮잡아 이르는 말.

그림을 제출하고 나면 공설 운동장에 갈 수 있고 잘하면 축구 결승전 끄트머리를 볼 수 있을지도 모르지만 나는 그럴 생각이 전혀 없었지. 내가 정작 궁금한 건 심사 결과니까 말이야. 축구야 누가 우승하면 어때. 어차피 군민 체전이니까 군민들 중 누군가는 이기는 거 아니겠어. 그런 생각을 하게 된 게 내가 일 년 동안 퍽 성숙했다는 증거였어. 그렇게 되는 데 열 살짜리가 열한 살 이상이 참가하는 대회에 나가서 장원을 했다는 게 큰 작용을 한 건 당연하지.

오후부터 3층짜리 신축 교사 2층 교실 한 곳에서 심사 위원들이 심사를 했어. 나는 예전에 함께 축구를 하던 아이들과 공을 차면서 시간을 보냈어. 이상하게 축구가 재미가 없었어. 자꾸 눈이 심사를 하고 있을 교실로 향하는 거야. 내가 골을 집어넣을 수도 있는 기회에서 엉뚱한 데 눈을 주니까 아이들이 정신을 어디다 파느냐고 화를 냈지. 나는 미안하다고 했고. 그러면서도 아, 이제 나한테 축구보다 더 중요한 게 생겼구나 하는 생각이 드는거야. 사실 그건 크레파스나 스케치북 같은 상품이 아니야. 그건 내가 가지고 있는 재능, 아버지에게서 물려받은 천부적인, 천재적인 재능을 명백히 확인받고 싶다는 충동이었어. 내가 아버지의 아들이라는 확신을 가지고 싶었어. 아무리 시골구석에서 염소나 키우고 닭이나 거위를 장날에 내다 파는 사람이라고는 해도 내 아버지니까.

심사하는 데 그렇게 오랜 시간이 걸리는 줄은 몰랐어. 다리가 아프도록 축구를 하고 수도꼭지가 있는 곳으로 가서 몸을 씻고 다 마리도록 심사는 끝나지 않았어. 아이들이 풀빵을 사 먹으러 간다고 학교 밖으로 갈 때까지도. 나는 평소처럼 아이들을 따라가지 않았어. 고픈 배를 부여잡고 교사 앞에 앉아 있었어. 심사 결과를 알 수 있을 거라고 생각한 건 아니야. 그냥 어떤 기미라도, 결과의 부스러기라도 얻고 나서야 갈 수 있을 것 같았어.

아이들이 가 버리자 학교는 조용해졌어. 그러고도 한 삼십 분은 있다가 다른 군의 학교에서 온 심사 위원들이 걸어 나왔어. 물론 나한테 관심을 가진 사람은 아무도 없었지. 주 선생님이 보였어. 심사를 한 건 아니고 우리 학교의 미술 지도 교사로 참관●을 하고 있었던 것 같았어.

교문 조금 못 미친 곳에서 심사 위원들과 인사를 나눈 주 선생님은 뒤돌아서서 내가 앉아 있는 쪽으로 걸어왔어. 새하얀 시멘트 길에 떨어지던 새하얀 햇빛, 그 위에 또각또각 찍히던 그 발소리를 나는 아직도 잊지 못해. 선생님은 히말라야시다 앞 시멘트 의자에 숨은 듯이 앉은 내게 와서는 불쑥 손을 내밀었지.

"백선규, 축하한다."

나는 못 잊어.

"네가 장원이다."

나는 목이 메어서 아무 말도 할 수 없었어. 그렇게 목이 죄는 듯한 느낌은 평생 다시 없었어. 그 뒤에 수십 번, 이런저런 상을 받고 수상을 통보받았지만.

나는 선생님 앞에서 눈물을 보이고 말았어. 내가 우는 것을 보고 선생님은 무척 놀라고 당황했어. 하지만 곧 내 어깨를 잡고는 내 얼굴을 가슴에 가만히 안아 주었어. 그 따뜻하고 기분 좋은 냄새, 못 잊어.

● **참관** 어떤 자리에 직접 나아가서 봄.

1

나는 한 번도 상 같은 건 받아 본 적 없어. 학교 다닐 때 그 흔한 개근상도 못 받았으니까. 상에 욕심을 부려 본 적도 없었어. 내게는 모자란 게 없어서 그랬는지도 몰라. 어릴 때는 부유한 집안에서 단 하나밖에 없는 딸로 사랑을 받으며 자랐고 여자 대학에서 가정학을 공부하다가 판사인 남편을 중매로 만나서 결혼했지. 내가 권력이나 돈을 손에 쥔 건 아니라도 그런 것 때문에 불편한 적도 없어. 아이들은 예쁘고 별문제 없이 잘 자라 주었지. 큰아이가 중학교부터 미국에 가서 공부할 때는 적응에 힘이 들었지만 결국 학생회장까지 지내서 신문에도 여러 번 났지. 나는 상을 못 받았지만 내가 타고난 행운, 삶 자체가 상이다 싶어.

그렇지만 단 한 번 상을 받을 뻔한 적은 있지. 스스로의 실수 때문에 못 받은 거니까 누구를 원망할 수도 없지만. 그 실수를 인정하고 내가 받을 상이 남에게 간 것을 바로잡을 수 있었을까. 할 수 있었을지도 몰라. 아버지에게 이야기했다면. 아니면 천수기 선생님한테라도.

왜 안 했을까. 그때 나를 스쳐 가던 그 아이, 그 아이의 표정 때문인지도 몰라. 땟국물이 흐르던 목덜미, 전신에서 풍겨 나던 뭔가 찌든 듯한 그 냄새, 그 너절한 인상이 내 실수와 잘못된 과정을 바로잡는 게 귀찮은 일이라는 생각을 갖게 했을 거야. 어쩌면 그 결과로 한 아이가 가지게 될지도 모르는 씻지 못할 좌절감이 내게도 약간 느껴졌는지도 모르지. 상관없어. 나는 그런 상하고는 담을 쌓고 살아도 행복해. 그런 스트레스를 받는 것 자체가 싫어. 왜 내가 그렇게 살아야 하는데?

0

 나는 사생 대회 이틀 후, 월요일 아침 조회에서 전교생이 지켜보는 가운데 교단 앞으로 가서 장원 상을 받았어. 글짓기, 서예, 밴드, 합창, 그림 등 전 분야를 통틀어 우리 학교에서 장원 상을 받은 사람은 오직 나 하나뿐이었어. 게다가 4학년이니까 앞으로 이 년간 더 많은 상을 학교에 안겨 주게 되겠지. 교장 선생님은 내가 4학년이라는 것, 장원이라는 것을 스무 번도 더 이야기했어.

 크레파스 다섯 통, 스케치북 열 권은 혼자 들기에 좀 무거웠어. 글짓기에서 차하 상을 받아서 앞으로 나온 6학년이 크레파스를 대신 들어 줬지. 나는 박수 소리가 끊이지 않는 중에 천천히 걸어서 내가 서 있던 자리로 돌아왔어. 조회가 끝나고 교실로 들어갈 때 옆에 있던 아이들이 상품을 대신 들어 줬고 나는 상장만 들고 갔어.

 부임한 지 얼마 안 되어서 그런지 흥분한 교장 선생님은 전례˙가 없이 그해 학예 대회 입상작을 찾아와서 강당에서 전시회를 가지기로 결정했어. 나는 가 보지 않았어.

 가서 내 그림을 보는 건 뭔가 창피할 것 같았어. 그런 데 가서 그림과 글짓기, 서예 작품을 보고 배워야 하는 아이들은 입상을 못 한 평범한 아이들이야. 창작의 재능이 없고 겨우 감상만 할 수 있는 아이들인 거야. 생각은 그렇게 했지만 일주일 동안 진행된 전시 마지막 날 오후, 나는 강당으로 걸음을 옮겼지. 모르겠어. 왜 갔는지.

 강당에는 아무도 없었어. 벽에는 전시 작품들이 걸려 있었어. 글짓기는 원고지 여러 장에 쓰인 작품을 한꺼번에 벽에 압정으로 박아

˙ **전례** 이전부터 있었던 사례.

놓고 넘겨 가며 읽도록 해 놨어. 차하 상을 받은 동시는 아이들이 넘기면서 침을 묻히는 바람에 글씨가 다 지워지고 원고지 앞장 아래쪽은 먹지처럼 까매졌더군.

나는 천천히 그림이 전시된 곳으로 걸어갔지. 내 그림은 맨 안쪽에 걸려 있었어. 입선작 여덟 점을 지나서 특선작 세 점을 지나고 나서 황금색 종이 리본을 매달고 좀 떨어진 곳에, 검은색 붓글씨로 '壯元(장원)'이라고 크게 쓰인 종이를 거느리고, 다른 작품보다 세 뼘쯤 더 높이. 초등학교에 다니는 아이들이라면 우러러볼 수밖에 없는 높이에.

그런데, 그런데, 그런데, 그런데 그 그림은 내가 그린 그림이 아니었어. 풍경은 내가 그린 것과 비슷했지만 절대로, 절대로 내가 그린 그림이 아니야. 아버지가 사 준 내 오래된 크레파스에는 진작에 떨어지고 없는 회색이 히말라야시다 가지 끝 앞부분에 살짝 칠해져 있는 그림이었어. 나는 가슴이 후들후들 떨려서 두 손으로 가슴을 가렸어. 사방을 둘러봤지만 아무도 없었어. 나는 까치발을 하고 손을 최대한 쳐들어서 그림 뒷면의 번호를 확인했어. 네모진 칸 안에 쓰인 숫자는 분명히 124였어. 124, 북한에서 무장간첩을 훈련시킨 그 124군 부대의 124. 그렇지만 그건 내 글씨가 아니었어.

누가, 왜 제 번호를 쓰지 않고 내 번호를 썼을까. 실수로? 이런 실수를 하고, 제가 받을 상을 다른 사람이 받았다는 걸 알면 가만히 있을까. 그렇지는 않을 거야. 다른 학교에 다니는 아이라서 제 실수를 모르고 있는 거겠지.

아니야. 그 그림은 구도로 봐서 내가 그렸던 바로 그 장소에서 아주 가까운 데서 그린 그림이었어. 그 그림을 그린 아이는 천수기 선생님과 함께 다니던 그 아이인 게 틀림없었어. 그러니까 나와 같은 학교에 다니는 아이라는 거지. 그러면 그 아이는 제가 그린 그림을 봤을 거야. 그런데 왜? 왜 아무 말을 하지 않은 거지? 상품이 필요 없어서? 번호를 잘못 쓴 실수 때문에 벌을 받을까 봐? 나라면? 나라면 가만히 있었을까?

왜 내가 그린 작품은 입선에도 들지 않았을까? 비슷한 풍경이고 비슷한 구도인데도? 가만히 그 그림을 보고 있자니 정말 잘 그린 그림이라는 느낌이 들기 시작했어. 장원을 받을 수밖에 없는 그림, 같은 장소에 있었던 나로서는 발견할 수 없었던 부분, 벽과 히말라야시다 사이의 빈 공간의 처리는 완벽했어. 나는 모든 걸 그림 속에 욱여넣으려고만˙ 했지 비울 줄은 몰랐어. 그건 나를 뛰어넘는 재능인 게 분명했어.

비슷한 그림에 같은 번호가 써진 걸 보고 심사 위원들이 당황했을 거야. 한 사람이 두 작품을 그릴 수는 없으니 누군가 실수를 했다고 단정 짓고는 혼동을 초래할지도˙ 모르니까 둘 중 하나는 아예 시상 대상에서 제외를 하자고 했겠지. 그래서 심사에 오랜 시간이 걸렸던 것이고.

그러니까 내 그림은 번호를 착각한 아이의 그림에 못 미치는 그림으로 버려졌던 거야. 입선에도 들지 못하게 완벽하게. 누구의 생각일까. 주 선생님은 아니었어. 심사 위원이 아니니까. 아니, 심사 중에 불려 들어간 것일지도 몰라. 혼란스러워진 심사 위원들이 번호

● **욱여넣으려고만** 주위에서 중심으로 함부로 밀어 넣으려고만.
● **초래할지도** 어떤 결과를 가져오게 할지도.

를 확인하고 그게 우리 학교 학생의 번호인 줄 알고 미술반 지도 교사를 오라고 했고…… 그래서 그 모든 것이 주 선생님의 조정으로 이루어졌고, 그래서 이례적*으로 주 선생님이 그 결과를 미리 알게 된 것이고…… 그런데 나는 주 선생님 품에 안겨서 울었어! 내가 그리지도 않은 그림을 가지고 상을 탔다고 감격해서, 바보같이, 바보!

 나는 가슴이 찢어질 것 같은 통증을 느끼면서 강당을 걸어 나왔어. 열 걸음쯤 떼었을 때 강당 문으로 어떤 여자아이가 걸어 들어왔어. 자주색 원피스를 입고 있었어. 검은색 에나멜 구두를 신고 있었지. 나는 그 여자아이를 지나칠 때 눈을 감았어. 눈을 감은 채 열 걸음쯤 걸어가서 다시 눈을 떴어.

 내가 주 선생님을 찾아가서 말해야 했을까. 이건 내 그림이 아니라고. 다른 사람이 그린 그림이라고. 나는 그 사람만 한 재능이 없다고. 실수를 바로잡아 달라고. 나는 그렇게 하지 못했어. 주 선생님의 품에 안겨 울지만 않았더라도 찾아갈 수 있었어. 가능성이 높지는 않지만. 내 더러운 눈물로 주 선생님의 흰옷을 더럽히지만 않았더라도.

 그림의 주인이 선생님을 찾아가서 그 그림이 자기 것이라고 주장한다면 부정할 도리는 없었겠지. 하지만 내가 먼저 선생님을, 주 선생님이든 천 선생님이든, 아버지도 할아버지도, 그 누구도 찾아갈 수 없었어.

 그 뒤부터 나는 늘 나를 의심하면서 살았어. 누군가 나보다 뛰어난 재능을 가지고 있고 누군가 나와 똑같은 대상을 두고 훨씬 더 뛰

• **이례적** 보통 있는 일에서 벗어나 특이한. 또는 그런 것.

어난 작품을 그렸고, 앞으로도 더 뛰어난 작품을 그릴 수 있다는 생각을 벗어나 본 적이 없어. 그러니까 어떤 작품이라도, 그게 포스터물감으로 그리는 반공 포스터라도 내가 가진 능력 전부를, 그 이상을 쏟아부어야 했지. 언제나, 어디서나. 그 결과가 오늘의 나일까. 의심의 결과, 좌절의 결과, 누군가 내 비밀을 알고 있다는 생각의 결과.

나는 화가가 된 후 풍경화를 그린 적은 없어. 나는 그림의 원형, 본질로 돌아갔어. 선과 원, 점, 그리고 바탕이 되는 사물의 원형, 본질을 최대한 추상화하고 이상화한* 상태로 만들어 갔어. 내 모든 색깔의 원형은, 이상은 그날 그 하얀 시멘트 길과 그 위의 흰 햇빛이야.

1

어라, 저기 걸어가는 저 사람, 백선규 같네. 저 사람 도대체 무슨 생각을 저렇게 골똘하게 하고 있을까. 인사를 해 볼까? 안녕하세요, 라고 해야 하나? 그냥 안녕이라고? 그러고 나서 고향, 연도, 초등학교를 말하면 알아볼까? 아이, 귀찮아. 그런 걸 하면 뭘 해. 우리는 가는 길이 다른데. 나는 그림을 좋아하고 저 사람은 자신의 그림을 열심히 그리면 그만이지.

점점 멀어지네. 사라졌네. 나는 여기에 있고. 나도 곧 가야 하지만.

* **이상화한** 현실을 그대로 보지 않고 이상에 비추어서 보고 생각한.

 활동하기

❶ 작품 속에서 드러나는 두 서술자에 대해 정리해 봅시다.

	0의 '나'	1의 '나'
이름	①	나오지 않음.
가정 환경	가난함.	②
그림 소질과 교육	③	그림에 천부적인 재능이 있으며 미술 과외를 받음.
3학년 때의 수상 경험	4학년 대신 대회에 나가 장원을 함.	수상 경험 없음.
사생 대회 수상 결과	④	상을 받지 못함.
수상 결과에 대해 취한 행동	⑤	⑥
현재의 모습	⑦	⑧

❷ 0의 서술자가 화가가 된 뒤 풍경화를 그리지 않는 이유는 무엇 때문인가요?

_____

_____

❸ 내 그림으로 다른 사람이 상을 받았다는 사실을 알게 되었을 때, 만약 내가 1의 서술자였다면 어떻게 행동했을까요? 그렇게 행동하게 된 이유는 무엇인가요?

다르게 읽기

❹ 다음 글을 읽고 「내가 그린 히말라야시다 그림」의 내용과 관련지어 여러분이 김 씨에게 해 주고 싶은 조언이 있다면 적어 봅시다.

> 어릴 때부터 노래를 잘 부른다는 칭찬을 들으며 자랐던 김 씨는 자연스레 가수의 꿈을 키우게 되었다. 넉넉하지 않은 가정 형편이었지만 부모님의 지원과 아르바이트를 통해 보컬 트레이닝 학원에 꾸준히 다니며 실력을 키웠고 실용 음악과에 진학했다. 그러나 가수 오디션을 볼 때마다 김 씨보다 더 대단한 실력을 가진 사람들이 많아 번번이 떨어졌고 부모님의 경제 상황도 좋지 않아서 주변에서는 이제 그만 취업을 하는 것이 낫지 않느냐는 충고를 한다. 하지만 취업을 하려 해도 전공을 살릴 수 있는 곳이 없고 가수가 될 길은 막막해 보인다. 이제 29세가 된 김 씨는 아르바이트를 전전하며 부모님에게 용돈을 받고 있지만 여전히 가수의 꿈을 포기하지 않고 있다.

 작품 해설

진짜 재능은 어디서 오는 것일까?

이 소설은 두 명의 서술자가 번갈아 가며 등장하는 작품입니다. 첫 번째 서술자는 화가인 백선규이고, 두 번째 서술자는 미술 애호가인 부잣집 여자입니다. 전혀 연관이 없을 것 같은 두 사람은 알고 보면 어린 시절의 비밀을 간직한 사이입니다.

사생 대회에서 상을 받은 그림이 자신의 것이 아니라는 사실을 알았지만 진실을 밝히지 못한 백선규, 그리고 자신의 작품이 장원이었음을 알았지만 번거롭다는 이유로 이를 바로잡지 않은 여자. 그들이 밝히지 않은 진실로 인해 그림의 주인은 백선규로 남게 되었고, 백선규는 피나는 노력을 통해 결국 유명한 화가로 성장하게 됩니다.

작가는 이 두 사람의 이야기를 각각 0과 1의 시점으로 교차시키듯 이끌어 나가며 이야기의 긴장과 재미를 더합니다. 하나의 사건으로 연결된 두 인물의 이야기를 통해 독자들은 사건을 구체적으로 파악할 수 있고, 등장인물의 심리를 비교하며 읽을 수 있어 작품을 더욱 깊이 이해할 수 있습니다. 또 인생에서 한 번의 선택으로 인해 주인공들의 삶을 얼마나 극적으로 변했는지를 잘 대비시켜 보여 줍니다.

그렇다면 재능은 과연 타고 나는 것일까요, 길러지는 것일까요? '1'의 그녀처럼 재능이 뛰어나더라도 그것을 갈고 닦아 세상에 드러내지 않으면 재능은 그저 평범한 특성에 불과합니다. 하지만 '0'의 백선규처럼 재능은 모자라더라도 끊임없이 성장하고자 노력한다면 결과는 얼마든지 달라질 수 있습니다. 어쩌면 작가는 진정한 천재란 끊임없는 노력으로 만들어질 수 있음을 말하고자 한 것일지도 모릅니다.

하지만 인정받는 화가가 되어서도 과거의 기억에서 벗어나지 못한 채 괴로울 정도로 자신의 한계를 끝없이 시험하며 살아가야 하는 백선규의 삶은 과연 행복할까요? 타고난 그림 실력을 인정받지도, 화가가 되지도 못했지만 그저 좋아하는 것을 즐기며 살아가는 것에 만족하는 그녀는 덜 행복한 걸까요? 여러분이 꿈꾸는 삶의 모습은 과연 어떤 것일지 곰곰이 생각해 보게 하는 작품입니다.

엮어 읽기

이제미, 『번데기 프로젝트』

번데기처럼 웅크리고 있던 열여덟 소녀 정수선은 뛰어난 재능이 있는 건 아니지만, '소설'을 써서 자신의 꿈을 이루기로 마음먹습니다. 문학 선생님을 만나 글쓰기 훈련에 돌입하는 주인공이 자신의 꿈을 이루기 위해 매 순간 최선을 다하는 모습을 「내가 그린 히말라야시다 그림」과 비교하며 읽어 볼 수 있습니다.

완득이

김려령(1971~)

김려령 작가는 서울에서 태어났습니다. 2007년 「완득이」로 창비 청소년 문학상을 수상하며 작품 활동을 시작했습니다. 주로 동화와 청소년의 이야기를 담은 소설을 쓰고 있습니다. 「내 가슴에 해마가 산다」, 「기억을 가져온 아이」, 「요란요란 푸른 아파트」, 「우아한 거짓말」, 「가시고백」, 「샹들리에」 등을 펴냈습니다.

　우리나라에는 국제결혼과 산업 연수, 종교 등의 이유로 많은 외국인들이 살고 있어요. 2017년을 기준으로 등록 외국인은 171만 명, 다문화 가정은 100만 명을 넘는다고 하니, '단일 민족 문화' 사회에서 '다문화' 사회로 전환되었다고 할 수 있어요.
　이 소설의 주인공 완득이도 어머니가 베트남 출신인 다문화 가정 학생입니다. 그런데 완득이는 어렸을 때 어머니와 헤어졌어요. 또 아버지는 난쟁이라며 사람들에게 놀림을 당하기 일쑤였지요. 가난하고 외롭고 열등감에 빠진 완득이는 세상으로부터 숨어 지내며 그럭저럭 살아가려고 해요. 그런 완득이를 세상 밖으로 이끌어 준 사람들이 있습니다. 누구인지 살펴보며 완득이의 이야기를 읽어 봅시다.

 여러분이 성장하는 데 도움을 주었던 사람이나 경험이 있나요?

완득이

• 김려령 •

앞부분 줄거리 열일곱 완득이는 사람들 앞에서 춤추며 일하는 난쟁이 아버지와 지체 장애인인 민구 삼촌과 옥탑방에서 살아간다. 가난한 가정 형편에 공부에도 뜻이 없는 완득이는 다른 사람들 눈에 띄는 것을 싫어하지만 아버지의 외모를 비웃는 말에는 주먹이 먼저 나간다. 그런 완득이의 삶에 입은 거칠지만 인간적이고 배려심 많은 괴짜 선생님 '똥주'가 나타나면서 변화가 생기기 시작한다. 그러던 어느 날, 완득이는 '똥주'에게 존재조차 몰랐던 어머니의 소식을 듣고 혼란스러워한다.

"완득아!"

똥주는 라면이 가득 든 박스를 들고 나를 불렀다.

"집에 가다 보면 비탈에 교회 하나 있지? 거기 좀 갖다 줘라. 교회로 들어가지 말고 옆으로 돌아가면 쉼터라고 써 있는 방 있어. 그리로 가져가. 너도 수급 대상자니까 니 꺼 쫌 덜어서 가져가고."

"수급 대상자가 나밖에 없어요? 왜 나한테만 시켜요?"

복도를 지나가던 애들이 나를 흘긋 보았다.

"우리 옆집 사는 애는 너밖에 없잖아, 새끼야. 뭔 말이 이렇게 많아."

나는 박스를 받았다.

"아, 오늘 어머니 오셨다."

일부러 시킨 거였다. 영화처럼 어머니와 나를 만나게 하고 싶었다면, 나한테 말을 하면 안 되는 거였다. 완득아! 하면서 울기도 하고, 어머니! 그러면서 감동도 좀 받고, 그러는 거 아닌가. 이건 가라는 건지 말라는 건지. 가서 내 어머니가 누구신지요? 하고 묻기라도 하라는 건가. 안 간다.

나누리 쉼터.

쉼터라고 써 있는 간판 옆 작은 창문으로 불빛이 새어 나왔다. 심부름 안 하고 그냥 가면 내일 똥주가 난리칠 게 뻔했다. 나는 발소리가 나지 않게 조용히 걸었다. 문 앞에 살짝 놓고 갈 생각이었다.

"자매님."

아, 깜짝이야. 이 남자는 왜 자꾸 나타나는지 모르겠다.

"이동주 선생님한테서 연락받았습니다."

"무슨 연락이요?"

"오신다고요."

"아저씨 어느 나라 사람이에요?"

"저는 인도네시아에서 온 알리 핫산입니다."

"근데, 그 나라도 예수님 믿어요?"

"제 부인이 믿습니다."

핫산이 웃으며 말했다.

"아저씨는 왜 나만 보면 자매님이라고 불러요?"

"교회에서는 그렇게 부르던데, 아닌가요?"

핫산은 내게 되물었다. 나도 교회라고는 똥주 때문에 가끔 왔다가는 거 말고는 생전 다녀 본 적이 없으니, 원. 교회에서는 원래 그렇게 부르는 건가?

"받으세요."

나는 라면 박스를 내밀었다.

"고맙습니다. 잘 먹겠습니다."

그때, 웬 여자가 쉼터에서 나왔다. 심장이 멈추는 줄 알았다. 여자는 나이를 가늠할 수 없는 외모였다. 어린 것 같기도 하고 늙은 것 같기도 하고.

"제, 부인입니다."

나는 얼른 밖으로 달려 나왔다.

아직도 가슴이 쿵쾅거린다. 어머니라는 게 도대체 뭔데 이렇게 가슴이 뛰는지 모르겠다. 한 번도 궁금한 적 없었는데 왜 갑자기 궁금하게 만드는 건지. 사기 결혼 당한 거 눈치채고 도망쳤으면 자기네 나라로 빨리 갈 것이지. 나는 어머니라는 말 할 줄 모르는데…….

집 앞에 누군가 서 있었다. 내 어머니라는 그분이다. 확실하다. 한 번도 본 적 없지만 내 가슴이 그렇게 말했다. 가슴이 또다시 쿵쾅거린다. 똥주 이 인간.

"잘 지냈어요?"

"라면…… 끓여 먹으려고요."

나는 가방에서 열쇠를 꺼내 문을 열었다. 그리고 가방을 방에 휙 던지고 냄비에 물을 받았다.

딱 딱 딱.

가스레인지는 손잡이를 세 번이나 돌린 뒤에야 불이 붙었다.

"잘 커 줘서 고마워요."

그분이 문 앞에 서서 말했다.

"라면 드실래요?"

"……."

나는 컵에 물을 받아 냄비에 더 넣었다. 그분을 똑바로 볼 수가 없다.

"아버지는……."

"계란은 없어요."

나는 라면을 미리 뜯어 놓았다. 딱히 할 일이 없었다.

"나는…… 그냥, 한 번만……."

"끓여서 들어갈 테니까, 방에 계세요."

그분은 잠시 주춤하더니 신발을 벗고 방으로 들어갔다. 촌스럽게 꽃분홍색 술이 앞에 뭉텅이로 달린 낡은 단화였다.

나는 라면을 끓여 방으로 들어갔다. 생전 처음 그릇에 라면을 옮겨 담아서.

그분은 자기 그릇에 있는 라면을 내게 털어 주었다. 배고팠는데 잘 됐다.

"김치 없어요?"

"다 떨어졌어요."

"매일 이렇게 먹어요?"

"거의요."

"라면 많이 먹으면 안 좋다던데……."

"한국말 잘하시네요."

"한국 온 지 오래됐으니까요."

"라면 불어요."

할 일은 없고 시간은 많은데 너무 빨리 먹어 버렸다.

그분은 벌받는 사람처럼 무릎을 꿇고 앉아 있었다. 밤늦은 시간인데 골목에서 여자애들 웃음소리가 들렸다. 웃음소리는 오랫동안 들리다 사라졌다.

"내일 학교 가야지요."

"이제 자려고요."

그분은 축축 늘어지는 천 가방에서 하얀 봉투를 꺼냈다.

"이거……."

"그런 거 필요 없는데요."

나 줄 돈 있으면 신발이나 새로 사 신으세요. 요즘은 애들도 저런 거 안 신어요.

"말로는 잘 못 하겠어서…… 너무 미안해서……."

"필요 없으니까, 가져가세요."

그분은 기어이 봉투를 내려놓고 방을 나갔다. 교회로 가는 걸까. 방에서 이상한 냄새가 나는 것 같다. 무슨 냄새인지는 모르겠다. 어쨌든 나 혼자 있을 때와는 다른 냄새다. 화장도 안 했던데 무슨 냄새일까. 이런 게 어머니 냄새라는 걸까. 그분이 먹었던 라면 그릇이 전과 달라 보였다. 나는 그분이 두고 간 봉투를 뜯었다. 돈인 줄 알았는데 편지였다.

미안해요.

잊고 살지 않았어요. 많이 보고 싶었어요.

나는 나쁜 사람이에요. 정말 미안해요.

혹시 전화할 수 있으면 전화해 주세요.
○○○-○○○-○○○○
안 해도 돼요.
옆에 있어 주지 못해서 미안해요.

그 흔한 아들이니 엄마니 하는 말은 없었다. 옆에 있어 본 적이 없어서, 어머니라고 불러 본 적이 없어서, 내가 어머니라는 말 대신 그분이라고 하는 것과 같은 걸지도 모른다. 다른 건 있다. 그분은 나를 보고 싶어 했다는 것이다. 하긴, 그분은 내 존재를 알고 있었으니까. 나는 편지를 봉투에 도로 넣고 방바닥에 휙 던졌다. 무슨 모자 상봉이 이렇게 허무한지. 그분이든 나든 눈물 한 방울은 흘려 줘야 하는 거 아닌가? 삼팔선만 안 그어졌지 남북 이산가족 상봉하고 뭐가 달라. 십칠 년 만에 나타난 어머니라는 분하고 고작 라면이나 끓여 먹고 헤어지다니. 어머니라는 존재 별거 아니군. 그나저나 똥주, 두고 보자.

"베트남 사람이데요."
가방에서 번쩍거리는 의상을 꺼내던 아버지 손이 멈췄다.
"왔었어요."
"잘 지낸대?"
아버지는 의상에 맞는 넥타이를 골랐다.
"금방 갔어요."
"……."
"전화번호 두고 갔어요."

"이거 나중에 드라이 좀 맡겨라."
아버지는 전에 입었던 의상을 돌돌 말아 문 앞에 놓았다.
"시장에 춤출 곳이 있어요?"
"수레 앞에서 추지. 민구 춤이 좋아서 제법 사람들이 모여."
"가, 각설이들도 자, 잘 춰요."
민구 삼촌이 씨익 웃었다.
"그 사람, 나라가 가난해서 그렇지, 거기서는 배울 만큼 배운 사람이다."
"가, 가, 각설이들도, 춤 배웠구나."
삼촌이 진지하게 고개를 끄덕였다.
"이혼도 아니던데요."
"보내 줬지."
"왜요?"
"카바레에서 춤추는 걸 이해 못 했어."
"그게 다예요? 그랬다고 보내 줘요?"
"숙소 사람들이 그 사람을 팔려 온 하녀 취급하는 게 싫었다. 내 부인이 아니라, 자기들 뒷일이나 해 주는 사람으로 알더라. 가는 모습 봤는데, 못 잡았다."
"세탁소 다녀올게요."
"천천히 맡겨도 되는데."
후련하다. 언젠가는 해야 할 말이었고 듣게 될 말이었다.

똥주다!
똥주는 성경책을 옆구리에 차고 후다닥 집으로 뛰어 들어갔다.

나는 얼른 똥주네 옥탑방으로 달려갔다.
"문 열어요!"
"못 열어, 새끼야."
"씨발, 빨리 안 열어요!"
나는 문고리를 마구 흔들었다.
"이런 싸가지 없는 새끼! 어디서 선생님한테 씨발이야! 이 씨발 놈아!"
"왜 가르쳐 줬어요!"
"내가 안 가르쳐 줬어!"
"그럼 어떻게 알고 왔어요!"
"내가 어떻게 알아, 새끼야! 나는 우리 집밖에 안 가르쳐 줬어!"
"선생님네 집은 왜 가르쳐 줬는데요!"
"니네 집 어디냐고 물어보니까!"
"그거 봐요! 선생님이 가르쳐 줬잖아요!"
나는 새시 문이 부서져라 걷어찼다.
"나는 우리 옆집이라고밖에 안 했어! 우리 옆집이 니네 집만 있냐!"
"야이, 완득이 씨불놈아! 왜 일요일까지 지랄이야! 조용히 안 해!"
오랜만에 듣는 앞집 아저씨 목소리였다.
"완득이네 엄마 왔다잖아, 이 양반아!"
똥주는 순식간에 문을 열어 소리치고는 얼른 닫았.
자기가 무슨 완득이네 통신원이라고, 학교니 동네니 할 것 없이 떠들고 다니나 모르겠다.
"선생님."
"왜 불러."

"고맙습니다."

"얼른 가, 새끼야."

나는 잡고 있던 문고리를 놓고 똥주네 옥상을 내려왔다.

바로 옆에서 혁주가 책상에 김밥을 떡 올려놓고 먹고 있다. 미술 선생님도 별로 신경 쓰지 않는 눈치다. 우적우적 단무지 씹는 소리가 내 자리까지 들렸다. 혁주는 가방에서 음료수를 꺼냈다. 그러다 나와 눈이 마주쳤다.

"주까?"

혁주는 소리 없이 입모양으로 말했다.

"너나 처먹어."

나도 똑같이 입모양으로 말했다.

혁주가 손가락으로 뻑큐를 날렸다.

"이런 씨……."

"저기 맨 뒤에 학생."

혁주한테 미처 욕도 못 했는데 미술 선생님이 나를 불렀다. 동시에 혁주하고 눈이 마주쳤다. 혁주는 나를 보더니 총 쏘는 시늉을 했다. 손가락 총은 나를 겨누고 쏴 놓고 지가 총에 맞은 듯이 가슴을 쥐어짠다. 저…… 똘아이.

"두리번거리다 나하고 눈 마주친 학생!"

나는 다시 미술 선생님을 보았다.

"저 그림 보니까 어때요. 얘기해 봐요."

미술 선생님은 시청각 자료를 가리켰다. 텔레비전에 나온 그림 아래에 '밀레 – 이삭줍기'라고 써 있었다. 어딘가에서 자주 보던 그림이다.

"뭘 봐? 하는 것 같은데요."

"뭐?"

"구부정하게 서 있는 저 아줌마요, 뭘 봐? 하는 거 같다고요."

아이들 책상이 일시에 드럼으로 바뀌었다. 웃으려면 그냥 웃지 시끄러워 죽겠다.

"학생 이름이 뭐예요?"

"도완득입니다."

"밀레에 대해 좀 알아요?"

"모르는데요."

"지금도 큰 차이는 없지만 당시 농민들은 고된 노동에 시달렸습니다. 밀레는 그 모습을 진실하고 정감 있게 담아낸 화가죠. 노동의 가치를 보여 주고 싶어 했어요. 그런데 허리도 못 펴고 일하는 사람 입장에서, 한가하게 그림이나 그리고 있는 밀레를 보면, 뭘 봐? 할 수도 있겠네요. 학생이 저 그림 하나로 농민의 고된 일상을 읽어 냈으니 밀레 참 대단한 화가죠?"

미술 선생님이 슬쩍 웃었다. 썩 기분 좋아 보이는 웃음은 아니었다. 모델 입장은 뭐고 노동의 가치는 또 뭐야. 저 그림을 잘 봐라. 세 명 중에 우두머리로 보이는 구부정하게 서 있는 아줌마, 싸움 좀 해 본 사람이 확실하다. 지푸라기를 슬쩍 들고, 나머지 손은 좌악 펴 손가락뼈를 맞춘 뒤 주먹 쥐기 일보 직전이다. 등과 가슴을 상대에게 보이지 않으면서 측면 공격을 할 수 있는 저 낮은 자세도 수준급이다. 앞에 두 여자 역시 마찬가지다. 두 여자는 지푸라기를 등 뒤에 숨기고 있다. 아차 싶으면 지푸라기를 던져 상대의 시야를 가리고 곧 치고 들어가겠다는 의지가 보인다. 우두머리 바로 옆 여자의 주먹 크기는 상당하다. 저 안에 돌을 쥐고 있을지도 모를 일이다. 치사해도 상관없다. 싸움은 일단 이기고 봐야 하는 것이다.

정윤하가 나를 보고 웃고 있다. 애가 조금 모자라 보인다.

✏ 중간 부분 줄거리 완득이는 교회에서 만난 핫산에게 킥복싱을 권유받고, 킥복싱을 배우며 싸움과 운동의 차이를 배운다. '똥주'는 불법 체류 노동자들을 돕는 일을 하다 유치장에 갇힌다. 한편 완득이 어머니는 가끔 반찬을 챙겨 완득이 옥탑방에 가져다 놓는다.

아무래도 이사를 가야겠다. 똥주 주변에 더 있다가는 일이 생겨도 큰일이 생길 것 같다. 저거 봐라. 바로 생기지.

그분이 개천을 따라 내려오고 있었다. 나는 꼼짝도 못 했다.

"안 씻어 놔도 되는데 왜 씻었어요."

언제 올지 몰라 문 앞에 내놓았던 빈 반찬통을 말하는 거였다.

"잘 먹었습니다."

그분은 입술만 살짝 움직여 웃었다. 만날 저렇다. 뭐 그렇게 잘못한 게 많다고 소리 내어 웃지도 못하는지. 똥주는 만날 잘못하면서도 잘만 웃던데. 꽃분홍색 술이 달린 촌스러운 단화도 여전했다.

"먹을 시간도 없는데, 자꾸 만들어 오지 마세요."

"운동한다면서요."

하여간 완득이네 통신원 똥주.

"대회에 나간다고요."

"그냥요."

"힘들 텐데……."

"그렇죠 뭐."

"갈게요."

그분이 내 옆으로 지나갔다.

"저기요!"

그분이 돌아봤다.

"다음에는, 존댓말 쓰지 마세요."

"네."

얼마나 교양 있는 사람이 되고 싶어서 자식한테 꼬박꼬박 존댓말을 쓰는지 모르겠다. 가난한 나라 사람이, 잘사는 나라의 가난한 사람과 결혼해 여전히 가난하게 살고 있다. 똑같이 가난한 사람이면서 아버지 나라가 그분 나라보다 조금 더 잘산다는 이유로 큰 소리조차 내지 못한다. 한국인으로 귀화했는데도 다른 한국인에게는 여전히 외국인 노동자 취급을 받는 그분이, 내가 버렸는지 먹었는지 모를 음식만 해 놓고 가는 그분이, 개천 길을 내려간다. 몸이 움직인다. 내 몸이 미쳐서 움직인다. 저 꽃분홍색 술이 달린 낡은 단화 때문이다. 나는 내려가는 그분에게 달려갔다.

"주세요."

나는 반찬통을 휙 낚아챘다.

그분이 눈을 동그랗게 뜨고 보았다.

"따라오세요."

나는 앞장서서 버스 정류장 앞에 있는 시장 속으로 들어갔다. 폼나게 백화점은 가 줘야 하는데 내 월급으로 체육관비까지 내야 하니 할 수 없다. 나는 제일 가까운 곳에 있는 신발 가게로 들어갔다.

"들어오세요."

"······."

"들어오시라고요."

그분이 가게 안을 두리번거리며 들어왔다.

"신발 몇 신어요?"

"난 괜찮아요."

"몇 신냐고요."

그분이 머뭇거리자 주인아주머니가 거들었다.

"240은 되겠네."

"그럼 240짜리 구두 보여 주세요."

"아니! 나 235 신어요."

그분이 어색하게 손사래를 치며 말했다.

"굽 좀 있는 걸로 보여 주세요. 저렇게 납작한 거 말고."

"저짝 사람 같은데, 학생하고 많이 닮았네."

주인아주머니는 그분을 저짝 사람이라고 했다.

나는 반짝거리는 작은 리본이 달린 검정 구두를 집었다. 굽도 7센티미터는 될 것 같다.

"신어 보세요."

그분은 머뭇거렸다.

"사 준다고 할 때 신어. 좋은 걸로 골랐네. 근데 둘이 무슨 사이야?"

주인아주머니가 묻자 그분이 당황한 얼굴로 얼른 구두를 신었다.

"꼭 맞네."

주인아주머니가 말했다. 그분이 신발을 벗었다.

"그냥 신고 가세요."

그분은 다시 신발을 신었다.

"아니, 무슨 사인데 이 양반이 이렇게 쩔쩔매?"

주인아주머니가 그분의 표정을 살피며 물었다.

"그냥……."

그분은 그냥이라고 했다.

"얼마예요?"

나는 서둘러 가격을 물었다.

"이만 오천 원인데 이만 삼천 원만 내."

나는 얼른 이만 오천 원을 주인아주머니 손에 쥐여 주고 가게를 나왔다. 이천 원은 팁이다. 그런데 그분이 이천 원을 들고 나왔다. 낡은 꽃분홍색 단화까지 들고.

"가지고 가."

그분이 내 손에 이천 원을 쥐여 주었다. 나는 그분 손에 반찬통을 쥐여 주었다.

"고마워……."

그분 턱이 파르르 떨렸다. 턱까지 흘러내린 눈물이 덜렁거렸다.

"음식이 좀 짜요. 저 그렇게 짜게 안 먹어요."

그분이 활짝 웃었다. 그분은 울면서 웃는 능력이 있다.

아버지가 짜게 먹는 걸 기억하고 나까지 짜게 먹는 줄 알았을 것이다. 그런데 아버지는 아직 그분의 음식을 먹지 못했다. 대신 똥주가 먹었다. 아버지와 뚝 떨어져 있는 그분의 거리. 그 거리 속에 존재하는 나. 지금 이곳이 내 자리인 모양이다. 나는 그분이 버스에 올라타는 걸 보고 체육관으로 달려갔다.

"관비요."

나는 봉투를 사무실 책상에 휙 놓고 줄넘기가 있는 곳으로 달려갔다.

정말 열심히 이단 뛰기 줄넘기를 하고 있는데 관장님이 다가왔다.

"이번 관비는 왜 모자라. 외상 장부에 달아 놓는다."

"네."

그럼 어떡해요. 내 주변 사람들은 하나같이 내가 먹여 살려야 하는데. 벼룩의 간을 떼어 먹어도 유분수지. 어쩌면 그렇게 다들……. 신문을 더 돌렸으면 좋겠는데.

"줄넘기 끝나면 미트 좀 대 주세요."

"외상 깔아 놓고 힘준다. 너무 열심히 하지 마. 어차피 지러 가는 시합이야."

김샌다. 지러 가는 시합이라니.

▶ **뒷부분 줄거리** 같은 반 모범생 정윤하는 완득이의 매니저를 자처하며 완득이 운동을 돕는다. 완득이는 정윤하와 가까워지면서 첫사랑의 감정을 느낀다. 완득이는 킥복싱을 배우면서 꿈을 찾게 되고, 경기에서 질 때마다 진 횟수만큼 이기고 킥복싱 관장님을 찾아가겠다는 목표도 세운다. 아버지와 삼촌은 똥주의 도움으로 댄스 교습소를 연다. 완득이는 하루하루 성실히 살아갈 것을 다짐한다.

 **활동하기**

❶ 완득이는 여러 사람의 영향을 받으며 성장합니다. 주변 사람들을 통해 완득이는 어떤 변화를 겪었는지 정리해 봅시다.

인물	완득이의 변화
① _____	자신에게 사사건건 간섭하는 것이 싫어서 원망하는 대상이었지만, 자신을 챙겨 주고 도와주는 모습에 점차 의지하게 된다.
어머니	어머니의 존재를 알고 ② _____ 한다. 낯설고 어색해 '그분'이라 부르지만 계속 만나면서 ③ _____ 을/를 느낀다.
킥복싱 관장	싸움과 스포츠는 다르다는 것과 상대방을 배려하는 마음을 배운다.
④ _____	난쟁이지만 자신을 위해 힘든 일도 마다하지 않고 성실히 일하는 모습과 자신의 꿈을 격려해 주는 모습을 보며, 힘을 얻는다.
⑤ _____	친구가 없는 완득이에게 친구가 돼 주고 완득이가 사랑받고 있음을 느끼게 해 준다.

❷ 어머니와 완득이의 마음이 느껴지는 소재를 찾고 그 의미를 써 봅시다.

> ㉮ 라면: 완득이의 건강을 걱정하는 어머니의 마음이 나타남.

❸ 완득이는 담임 선생님의 속마음을 모르고 원망하는 모습을 보였습니다. 다음 대화에서 담임 선생님의 속마음은 어떠했을지 생각해 볼까요?

> "나온 김에 따라와. 앞 반에 어떤 놈이 쪽팔린다고 수급품 안 가져간 모양이야. 너나 가져가라."
> "……."
> "왜? 너도 쪽팔려? 새끼야. 가난한 게 쪽팔린 게 아니라, 굶어서 죽는 게 쪽팔린 거야."
> 나는 당신이 담임이라는 게 쪽팔려.
> "잔말 말고 가져가. 그리고 잡곡밥은 좀 남겨라."
> 똥주는 앞장서서 걸었다. 건들건들 걷는 모습이 동네 양아치 저리 가라다. 수급품. 내 체면을 생각해서 조금 조용히 줄 수 없을까. 우리 집 앞에 몰래 놓고 가 주는 자비는 바라지도 않는다. 이건 뭐, 자기가 먹으려고 수급 대상자인 제자한테 배달시키니, 천하의 야비한…….

❹ 다음을 읽고 우리나라 다문화 가정의 어려움을 생각해 봅시다.

> **완득이 아버지:** 그 사람, 나라가 가난해서 그렇지, 거기서는 배울 만큼 배운 사람이다. 숙소 사람들이 그 사람을 팔려 온 하녀 취급하는 게 싫었다. 내 부인이 아니라, 자기들 뒷일이나 해 주는 사람으로 알더라.
>
> **완득이 어머니:** 아직도 모르겠어요? 나는 다른 사람들이 아니라, 당신 때문에 떠났다고요! 이 여자 저 여자 아무나 손잡고 춤추고, 아무나 당신을 만지고…….

작품 해설

꽃은 홀로 피지 않는다

열일곱 완득이는 난쟁이 춤꾼 아버지와 피가 섞이지 않은 지체 장애인 삼촌과 옥탑방에서 살아갑니다. 베트남 출신 어머니는 어린 시절 떠나 버렸습니다. 그래서 완득이는 가난한 형편에 외롭게, 또 아버지의 외모에 대한 열등감에 빠져 세상으로부터 숨으려고 합니다. 그런 완득이를 세상 밖으로 나오도록 끊임없이 소통하는 사람들이 있습니다. 먼저 '똥주 선생님'은 직설적이고 거친 말투로 완득이의 아픈 구석을 드러내지만 완득이를 챙기고 도와주며 열등감에서 벗어나도록 자극합니다. '완득이 어머니'는 외국인으로 차별받고 가난하지만, 모성애와 남편에 대한 애정으로 완득이의 마음을 치유해 줍니다. '완득이 아버지'는 자신의 몸에 대한 열등감을 인정하며 완득이가 꿈을 향해 나아가도록 격려합니다. 완득이의 '킥복싱 관장'은 싸움이 아닌 운동을 통해 상대방에 대한 배려를 가르칩니다. 같은 반 '정윤하'는 왕따를 당하고 있지만 꿈을 향해 노력하는 모습과 완득이의 여자 친구이자 매니저로 활동하며 완득이가 사랑받고 있음을 느끼게 해 줍니다. 이러한 만남과 소통을 통해 완득이는 평범하지만 꽉 찬 하루하루를 살아가겠다는 다짐을 세상을 향해 외칩니다.

이 소설에는 완득이의 성장과 함께 다문화 가정의 문제, 장애에 대한 편견, 외국인 노동자 차별, 교사와 학생의 관계, 가족에 대한 성찰, 이웃 공동체, 꿈과 같은 무거운 문제들도 이야기하고 있습니다. 하지만 이런 주제들이 여러분의 머리와 가슴을 무겁게만 만들지는 않습니다. 경쾌하고 간결한 문체와 재치 있는 대화를 통해 인물들의 개성이 잘 나타나며, 10대들의 생활이 생생하게 묘사돼 이야기가 친근하게 다가오기 때문입니다.

여러분도 다른 사람들과 끊임없이 소통하며 꾸준히 성장해 나가길 응원합니다. 먼저 「완득이」를 끝까지 읽으며 소설 「완득이」와 소통을 시작해 보세요.

엮어 읽기

김중미, 『모두 깜언』

'깜언'은 베트남 말로 '고맙다'는 뜻이라고 합니다. 주인공 유정이는 언청이(구순 구개열)로 태어나자마자 부모에게 버림받지만, 할머니와 작은아빠 가족, 친구들, 살문리 마을 사람들과 살면서 타인에 대해 들고 있던 자신의 방패를 거두게 됩니다. 농촌의 현실과 함께 다문화 가정에 대한 차별, 외모 콤플렉스 문제를 긍정적으로 풀어내고 있습니다.

흥부전

이 박을 타거들랑 밥 한 통만 나오너라

판소리계 소설은 대부분 입에서 입으로 전해지다가, 전문적인 소리꾼에 의해 판소리로 불리고, 한글 창제 이후에 소설로 기록되었습니다. 「흥부전」은 '방이 설화', '박타는 처녀 설화' 등이 섞여 구전되다가, 「박타령」, 「흥부가」 등의 판소리로 불렸습니다. 그리고 「박흥보전」, 「연의 각」 등 다양한 이름의 「흥부전」으로 기록됩니다. 이후 근대에는 「연의 각」이라는 신소설로 만들어지기도 했습니다.

　여러분은 「흥부전」을 읽은 적이 있나요? 읽었다면 알고 있는 것은 무엇인가요? 나쁜 놀부가 착한 흥부를 쫓아내고, 흥부가 고생하다가 뱀에게 쫓기는 아기 제비를 보살펴 주었더니 제비가 박씨를 물고 돌아와 은혜를 갚았다는 이야기이지요.

　그런데 소설의 줄거리는 다 알지만 '흥부, 놀부가 탄 박은 몇 개이며, 박에서는 각각 어떤 것들이 나왔나요?'라고 물어본다면 어떻게 대답하시겠습니까? 아마 꼼꼼하게 「흥부전」을 읽어 본 적이 없는 사람은 대답하기가 힘들 거예요. 우리가 잘 아는 옛날이야기라고 해서 그저 착한 사람은 복을 받고 나쁜 사람은 벌을 받는다는 뻔한 이야기라고 생각하면 오산입니다. 소설에는 그 시대를 살았던 사람들의 모습과 바람이 그대로 담겨 있기 때문이지요. 이 소설에는 조선 후기 사회의 어떤 모습이 담겨 있는지 생각하며 읽어 봅시다.

 「흥부전」 하면 생각나는 최고의 장면은 무엇인가요? 머릿속에 한 번 그려 봅시다.

흥부전
이 박을 타거들랑 밥 한 통만 나오너라

● 작자 미상 / 신동흔 풀이 ●

　이 나라는 예로부터 군자의 땅이며 예의의 고장이었다. 열 집 사는 마을에도 충신이 나고 일곱 살 아이라도 효도를 일삼으니 불량한 사람이 있을 리 없었다. 하지만 요순 임금 태평 시절에도 흉악범이 생겨났고 공자님 계실 적에도 도척● 같은 자가 있었으니 인간사 깊은 이치란 헤아리기 어렵다.

　옛적에 전라도 운봉과 경상도 함양 땅 어름에 박씨 형제가 살았으니, 놀부는 형이고 흥부는 아우였다. 같은 아버지 같은 어머니한테서 났으나 성품은 딴판이었다. 사람마다 몸속에 오장육부가 있는데 놀부는 오장칠부였다. 어찌 된 일인가 하면 왼쪽 갈비뼈 밑에 장기 알만 한 심술보 하나가 주머니처럼 딱 붙어 가지고 심술이 사시사철 가리지 않고 거침없이 흘러나왔다. 그 심술을 보자면 꼭 이러했다.

　대장군방 나무 베고, 삼살방에다 집을 짓고, 귀신 터에 이사 권코, 불난 집에 부채질, 다 된 밥에 재 뿌리기, 애 밴 부인은 배를 차고, 오대 독자 불알 까고, 수절 과부는 희롱하고, 다 큰 처녀 헛소문 내

● **도척** 중국 춘추 시대의 큰 도적.

기. 의원 보면 침 도둑질, 지관● 보면 쇠 감추기, 똥 누는 놈 주저앉히고, 곱사등이는 뒤집어 놓고, 앉은뱅이 택견하고, 엎어진 놈 뒤통수 치고, 달리는 놈 다리 걸고, 삼거리 길에 구덩이 파기. 애 낳는 데 개를 잡고, 다 된 혼사에 훼방 놓기, 상여 맨 놈 몽둥이질, 기생 보면 코 물어뜯고. 제삿술에다 가래침 뱉고, 옹기 가게에 돌팔매질, 비단 가게에 물총 쏘고, 고추밭에서 말달리기. 가문 논에 물 빼내기, 장마 논에 물 대기와, 애호박에다 말뚝 박고, 이삭 팬 벼 포기째 뽑기. 어른 보면 반말하기, 가난한 양반 관을 찢고, 판소리하는데 잔소리하고, 풍류 판에 나팔 불기. 된장 그릇에 똥 싸기와, 간장 그릇에 오줌 싸기, 우는 아기는 집어뜯고, 자는 애기 눈 벌린다. 눈먼 봉사 이끌어서 개천 물에 빠뜨리고, 길 가는 나그네들 재울 듯이 붙들었다 해 다 지면 쫓아낸다.

형은 이러한데 동생 흥부는 마음이 착하여 하는 행실이 달랐다. 부모님께 효도하고 일가친척 화목하며, 노인이 등짐 지면 자청해서 져다 주고, 길가에 흘린 물건 임자 찾아 전해 주기. 고단한 사람 봉변당하면 한사코 말려 주고, 타향에서 병든 사람 고향 집에 소식 전하고, 길을 잃고 우는 아이 부모를 찾아 주고, 벌레 하나 죽이지 않고 자라는 풀 꺾지 않아 선량한 마음이 미물에까지 이르니 부귀를 바라는 욕심이 있을 리 없었다.

하루는 놀부가 이런 동생을 내쫓을 양으로 공연한 생트집을 걸어 불호령을 내놓았다.

"네 이놈, 흥부야!"

● **지관** 풍수설에 따라 집터나 묫자리 따위의 좋고 나쁨을 가려내는 사람.

흥부가 깜짝 놀라 형 앞에 가 꿇어앉는다.

"네 이놈아, 내 말 똑똑히 들어라. 우리 부모 계실 적에 너와 내가 형제라도 차별해서 기르던 일을 너도 알 만큼은 알 것이다. 우리 부모 야속하여 나는 집안 장손이라고 제사를 맡기면서 글도 하나 안 가르치고 밤낮으로 일만 시켜 소 부리듯 부려 먹고, 네 몸은 둘째라 내리사랑• 더하다고 일은 아예 안 시키고 밤낮으로 글만 읽혀 잘 먹고 잘 입던 일을 내가 오늘 생각하면 원통하기 짝이 없다.

네놈이 부모 계실 때 세도를 부렸으니 나도 이제 기를 펴고 세도 좀 해 보련다. 이 집안 재산이 모두 다 내 것이니 너 좋은 일 못하겠다. 너희 식구가 여태까지 먹은 값을 다 받아야 하나 그것은 그만두고, 오늘로 네 처자식 앞세우고 당장 내 집에서 떠나라."

흥부가 뜻밖에 이 말을 들으니 생벼락이 내리는 듯 천지가 아득했다.

"아이고 형님, 부모님 생전의 일은 제가 철이 없었으니 어찌하셨는지 모르나, 제가 죄가 있으면 형님 마음이 풀리도록 종아리를 치든 엉덩이를 치든 벌을 주고 혼내시지 나가란 말씀이 웬일입니까?"

"이놈아, 네 식구를 생각해 봐. 자식들만 돼지 새끼처럼 줄줄이 낳아 놔서 더 먹일 수도 없는 데다 밥만 먹고 어슬렁거리는 꼴 보기 싫으니 잔소리 말고 썩 나가."

흥부가 기가 막혀,

"아이고 형님, 웬 말씀이오? 형제는 한 몸인데 한쪽을 버리시면

• **내리사랑** 손윗사람이 손아랫사람을 사랑함. 또는 그런 사랑. 특히 자식에 대한 부모의 사랑을 이른다.

둘 다 병신이 될 터인데 남 보기 창피합니다. 더구나 제 한 몸은 고사하고 젊은 아내와 어린 자식을 어느 집에 의지하며 무엇 먹여 살린단 말입니까? 아우 하나 있는 것을 나가라고 하니 한겨울 찬 바람에 어느 곳으로 간단 말이오? 지리산으로 가오리까, 태백산으로 가오리까, 아니면 백이숙제˙ 굶어 죽은 수양산으로 가오리까?"

"이놈 나더러 너 갈 곳까지 일러 주란 말이냐? 잔소리 말고 썩 나가라."

흥부가 형님 방에서 물러 나오려니 설운 마음에 목이 메었다.

"아이고 내 신세야. 부모님이 살아 계실 때는 네 것 내 것 다툼 없이 잘 입고 잘 먹어서 세상 분별을 몰랐더니 흥부 신세가 하루아침에 이리될 줄 귀신인들 알았을까. 여보, 마누라! 형님이 우리더러 나가라 하시니 우리가 이렇게 나가면 어느 곳으로 가서 산단 말이오?"

흥부 아내가 기가 막혀 눈물 섞어 말을 했다.

"이 너른 천지에 사람 살 데 없을까. 갑시다! 아무 데라도 가요. 살기 좋은 서울로 갑시다."

"우리가 세상 물정을 통 모르니 서울 가서 살 수가 없지."

"그렇거든 이도 저도 다 버리고 산속으로 들어갑시다."

"산속에서 지내려 한들 물자가 귀해 못 살 테니 이 일을 어찌한단 말이오."

˙ **백이숙제** 중국 주나라의 전설적인 형제 성인. 주나라 무왕이 은나라 주왕을 멸하자 주나라의 곡식을 먹기를 거부하고, 수양산으로 들어가 굶어 죽었다.

아무리 생각해도 수가 나지 않자 흥부는 다시 형님 앞으로 달려가 엎드렸다.

"형님, 형제간 정을 보아 한 번만 거두어 주세요. 아무리 생각해도 나가 살 도리가 없습니다."

"네가 정 갈 데가 없어 그런다면 갈 곳을 일러 주지. 다른 데 가지 말고 시장판 찾아가서 노름방을 꾸며 놓고 인물 좋은 네 아내를 기생 삼아서 술을 팔기로 들면 먹고살 도리가 생길 것이다. 내 말을 잊지 말고 꼭 그리하되 애당초 나는 믿지 마라. 네가 만약 떠난 뒤에 이 문을 다시 들어서면 죽어서나 나갈 것이다, 이놈!"

흥부가 이런 말까지 들으니 기가 막히고 목이 막혀서 다른 소리는 더 못하고 그저 하릴없이 물러나와 처자식을 앞세우고 형 앞에 늘어서서 하직을 고했다.

"형님 갑니다. 부디 안녕히 계십시오. 저는 형님을 못 받들고 정처 없이 가거니와 마음 상하지 말고 조상님 잘 모시고 부귀공명● 누리면서 오래오래 사십시오."

흥부가 통곡을 하며 살던 집을 떠나가니 동네 남녀노소는 물론이고 하인까지 혀를 차고 눈물을 흘리며 흥부를 보냈다.

흥부가 아내와 자식을 앞세우고 정처 없이 길을 나서니 갈 길이 막막했다. 더구나 흥부 아내는 부잣집 며느리로 먼 길을 걸어 본 적이 없는 터라 고생이 더욱 심했다. 어린 자식을 업고 또 안은 채로 울며불며 남편을 따라가니 그 광경이 안쓰러워 눈뜨고 보기 어려웠다.

● **부귀공명** 재산이 많고 지위가 높으며 공을 세워 이름을 떨침.

흥부 일행은 몇 달을 헤맨 끝에 그렁저렁 복덕촌이라는 마을에 이르렀다. 마을에 이르러 보니 인심이 거룩하고 농사지을 물이 튼튼해서 사람이 살 만했다. 마침 마을 앞에 집 한 채가 비어 있는지라 흥부는 마을 사람한테 사정을 말하고 그 집을 얻어서 깃들었다.

흥부가 새집에 솥 하나만 달랑 걸고 지내는데 집 모양이 참으로 볼만하다. 뒷벽에는 외*뿐이고 앞창은 살만 남았으며, 지붕은 다 벗어져 추녀*가 드러나고 서까래만 겨우 얹혔으니 밖에서 가랑비 오면 집 안에는 큰비가 왔다. 방에 반듯이 드러누워 천장을 바라보면 천문도 붙인 듯 온갖 별을 셀 수 있고, 일하고 곤한 잠에 기지개를 불끈 켜면 상투는 허물없이 앞 토방으로 쑥 나가고 발목은 어느새 뒤뜰에 가 놓여 있다.

그래도 집이라고 멍석자리 거적문에 지푸라기를 이불 삼아 춘하추동 사시절을 지낼 적에, 따로 먹고살 도리가 없으니 무엇이 되었든 손에 잡히는 대로 품을 팔아서 끼니를 이었다.

흥부가 품을 파는데 상하 전답 김매고, 전세 대동* 방아 찧기, 보부상단 삯짐 지고, 초상난 집 부고 전하기, 묵은 집에 토담 쌓고, 새집에 땅 돋우고, 대장간 풀무 불기, 십 리 길 가마 메고, 오 푼 받고 말편자 걸기, 두 푼 받고 똥재* 치고, 닷 냥 받고 송장 치기. 생전 못해 보던 일로 이렇듯 벌기는 버는데 하루 품을 팔면 네댓새씩 앓고 나니 생계가 막막했다.

- **외** 흙벽을 바르기 위하여 벽 속에 엮는 나뭇가지.
- **추녀** 네모지고 끝이 번쩍 들린, 처마의 네 귀에 있는 큰 서까래. 또는 그 부분의 처마.
- **전세 대동** 세금을 특산물 대신 쌀로 걷기 시작한 조세 제도인 대동법을 이름.
- **똥재** 똥오줌에 재를 섞어 만든 거름.

할 수 없이 흥부 아내가 또 품을 파는데, 오뉴월 밭매기와 구시월에 김장하기, 한 말 받고 벼 훑기와 물레질 베 짜기며, 빨래질 헌 옷 깁기, 혼인 장례에 궂은일 하기, 채소밭에 오줌 주기, 갖은 길쌈과 장 달이기, 물방아 쌀 까붏기˙, 보리 갈 때 거름 놓기, 못자리 때 잡풀 뜯기. 아기 낳고 첫국밥을 손수 지어 먹은 뒤에 몸조리 대신하여 절구질로 땀을 내고. 한시 반때도 놀지 않고 이렇듯 품을 파는데도 사는 것이 죽는 것만 못할 지경이었다.

흥부 내외가 이렇게 고생을 하고 가난하게 지내도 자식만큼은 부자였다. 부부간에 금슬이 좋아 자식을 풀풀이 낳는데, 일 년에 꼭 한 번씩은 아이를 낳되 툭하면 쌍둥이요 간혹 셋씩도 낳는 것이었다. 내외간에 서로 마주 보고 눈웃음만 웃어도 그냥 자식이 생겨나 그럭저럭 주워섬겨 놓은 것이 스물아홉이었다. 그 많은 자식을 옷을 지어 입힐 수 없자 흥부가 꾀를 하나 생각했다. 부잣집에서 짚을 얻어다 엮어서 멍석˙을 만드는데 군데군데 구멍을 냈다. 아이들을 앞혀 놓고서 죄인에게 칼 씌우듯 구멍 하나에 머리 하나씩 멍석을 딱 씌워 놓으니 몸뚱이는 안 보이고 머리통만 나와서 멍석 위에 검은콩 메주 늘어놓은 모양이 되었다.

아이들이 울어도 앉아서 울고 잠을 자도 앉아서 자고 항상 앉아서 지내는데 그중 어려운 일은 똥 누러 가는 일이었다. 똥이 마려우면 저 혼자 빠져서 가면 되련만 아이들이 미련하여 온 녀석이 다 나가는데, 그중 키 작은 아이는 발이 땅에 안 닿아 목 졸려 죽는다고 소

˙ 까붏기 키를 위아래로 흔들어 곡식의 티나 검불 따위를 날려 버리기.
˙ 멍석 짚으로 새끼 날을 만들어 네모지게 걸어 만든 큰 깔개.

흥부전 · 작자 미상 111

리치고, 그중 짓궂은 녀석 하나가 다른 아이를 집어뜯고서 정색을 하고 나면 누가 한 줄을 몰라 한바탕 법석을 떨었다.

📎 **중간 부분 줄거리** 이렇게 흥부와 그의 아내는 밤낮을 가리지 않고 열심히 일을 하지만 아이들을 먹여 살리기엔 턱 없이 부족했다. 하루는 곤장을 대신 맞아 준다는 조건으로 서른 냥을 받기로 했지만, 당일 누가 대신 맞고 그 돈마저 가로채 간다. 이렇게 힘들게 살던 어느 날 한 스님이 찾아와 돈을 구걸한다. 돈 한 푼 줄 수 없는 흥부의 사정을 본 스님은 좋은 땅에 집터를 알려 준다. 이사를 간 흥부의 집에 제비 한 쌍이 날아들어 집을 짓고 새끼를 친다. 그런데 어느 날 큰 구렁이에게 여섯 마리 새끼 중 다섯 마리가 잡아먹히고 새끼들을 지키던 어미 제비마저 죽는다. 한 마리 남은 새끼 제비는 집에서 떨어져 다리가 부러진 상태였는데, 이를 흥부가 정성스럽게 고쳐 준다. 가을이 되자 강남으로 돌아간 제비는 제비 왕에게 그 일을 고하고 박씨 하나를 받아서는 봄에 흥부에게 가져다준다. 시간이 지나 흥부네 식구들이 잘 여문 박을 타자 그 안에서 약, 쌀과 돈, 옷감이 나오고, 나중에는 사람들이 나와 대궐 같은 집을 지어 준다. 흥부가 부자가 되었다는 소문을 들은 놀부는 흥부를 찾아와 부자가 된 방법을 묻고, 흥부 집에서 화초장 하나를 짊어지고 집으로 돌아간다.

놀부가 그날부터 사람을 사서 품삯을 주고 제비 집 수백 개를 밤낮으로 만들어서 제집 안채, 사랑채, 행랑, 곳간, 서당, 별당, 뒷간까지 빈틈없이 달아 놓고, 그래도 부족해서 자기 망건에다가도 하나 매달아 쓰고 제비를 기다리기 시작했다. 놀부가 아무리 기다리고 기다려도 제비가 오지 않으니 제비 때문에 환장이 되어 상사병이 일어났다.

세상 만물 가운데 꼭 제비 글자 드는 것만 사랑을 하는데, 길짐승은 족제비만 사랑하고, 다른 그릇은 다 버리고 모제비˙만 사들이고, 음식은 칼제비나 수제비만 해서 먹고, 종이가 눈에 띄면 간제비˙

를 접어 놓고, 제비 때문에 화가 나면 마을 사람들과 두제비*와 목제비*만 하려 들었다. 이렇듯 아무리 기다려도 제비가 찾아오지를 않자 놀부가 생각다 못해 직접 제비를 몰러 나서는데 그 모양이 이러했다.

제비 나비가 하늘에 펄펄, 제비 몰러 나간다. 제비를 후리러* 나간다. 어깨에다 그물을 에후리쳐 둘러메고 지리산으로 나간다. 이쪽은 우두봉 저쪽은 좌두봉, 건넌봉 맞은봉 좌우로 칭칭 둘렀는데,

"어어어, 이리 와!"

덤불을 툭 쳐,

"후여! 허허허, 저 제비! 어느 곳으로 가느냐?"

놀부는 하늘 펄펄 소리개만 보아도 제비인가 의심하고, 남으로 가는 까치만 보아도 제비인가 의심하고, 꾀꼴꾀꼴 꾀꼬리만 보아도 제비인가 의심한다.

"저기 가는 저 제비야, 그 집으로 들어가지 마라. 그 집에 불난단다, 내 집으로 오너라. 이이이이루어!"

놀부가 날만 새면 밖에 나가 제비 몰기를 일삼을 때, 하루는 재수 불길한 제비 한 쌍이 놀부 집으로 들어왔다. 놀부가 얼마나 반갑던지 소반에다 정화수*를 받쳐 처마 밑에 차려 놓고 두 손 모아 절을 하며,

---

- **모제비** 모재비. 함지박처럼 통나무의 속을 파내어 만든, 길쭉하고 네모진 큰 그릇.
- **간제비** 편지를 써서 내용이 보이지 않게 접는 것.
- **두제비** 드잡이. 서로 머리나 멱살을 움켜잡고 싸우는 짓.
- **목제비** 목접이질. 목이 접혀서 삐도록 굽히는 짓.
- **후리러** 휘몰아 채거나 쫓으러.
- **정화수** 이른 새벽에 길은 우물물. 조왕에게 가족들의 평안을 빌면서 정성을 들이거나 약을 달이는 데 쓴다.

"제비님 오시나이까. 어찌 이리 행차가 더디어서 내 간장을 녹이시오?"

앞뒤에다 금줄 치고 부정을 금하면서 알 낳기를 기다릴 제, 여섯 개를 낳았는데 마음 바쁜 놀부가 밤낮으로 어찌 만졌던지 다섯 개는 손독이 올라 곯아 버리고, 다만 한 개 겨우 까서 날기 공부를 시작했다.

제비가 제집에 발붙이고서 날개를 발발 떨고 있으면 놀부가 바라보고 있다가는,

"떨어집소서. 떨어집소서!"

손을 싹싹 비벼도 끝내 떨어지지 않고, 아무리 대문간을 눈 빠지게 바라보아도 구렁이가 오지를 않았다.

"이놈의 구렁이 기다리기가 제비 기다리기보다 훨씬 힘이 드는걸. 이러다 저 제비가 날아가 버리면 십년공부●가 헛일이지. 에라, 내가 구렁이 노릇을 할 수밖에 없다."

혀를 널름하면서 구렁이 모양을 하고 엉금, 엉금, 엉금, 엉금, 엉금 기어가서 제비 새끼를 집어서 두 다리 지끈 분지르더니 마루에다 선뜻 던졌다. 모르는 척 돌아서서 뒷짐 지고 거닐면서 목소리 돋우어서 풍월 한 구절을 읊다가 앞으로 돌아서더니 아주 깜짝 놀라 생침 맞는 된소리로 아내를 불렀다.

"여보소, 마누라!"

놀부 아내가 나오자,

"이것 봐. 내가 잠시 거니느라 미처 못 보았더니 제비 새끼가 떨어

● **십년공부** 오랜 세월을 두고 쌓은 공.

져 다리가 부러졌으니 불쌍해 볼 수가 없네. 어서 살려 주게. 흥부는 부러진 다리를 조기 껍질로 싸 주었다니 우리는 더 튼튼한 민어 껍질로 싸 주세."

민어 껍질과 비싼 실로 고깃배 닻줄 감듯 친친 감아서 제집에 넣고 행여나 바람 쐴까 큰 자루와 멍석으로 여러 겹을 둘렀다. 부모 제비 들어와서 그 모습을 살펴보고, 새끼 사랑 슬픈 마음 한없이 탄식하더니 무슨 괴변• 또 있을까 밤이면 잠 안 자고 날갯죽지로 싸안으며, 낮이면 번갈아서 밥을 물어다 구원했다. 그 제비가 놀부 망할 제비인데 죽을 리가 없었다. 부러진 다리가 나아서 앉아도 보고 날아도 보고 한참 공부를 하더니 구월 구일에 이르자 공중에 높이 떠서 제비 말로 지저귀었다.

"지지지지 주지주지. 아느냐 주인 놈아. 에이 몹쓸 놀부 놈아. 나와 무슨 원수 되어 생다리 꺾어 병신이 되었으니, 만 리 강남 먼먼 길을 어떻게 가란 말이냐."

속 못 차린 놀부는 제비를 바라보며,

"반갑다 내 제비야. 네 아무리 미물인들 생명의 은인을 잊겠느냐. 강남 갔다 돌아올 적에 부디 박씨를 물고 와라."

놀부 제비 세 마리가 강남으로 들어가 제비 왕을 찾아뵙고 앞뒤 내력을 낱낱이 아뢰자 제비 왕이 화를 내어 원수 구(仇) 자, 바람 풍(風) 자 써 있는 박씨 하나를 내어 주며,

"이것을 갖다가 원수를 갚도록 해라."

놀부 제비가 받아 물고 제집으로 돌아와서 이듬해 봄을 기다리는

• **괴변** 예상하지 못한 괴상한 재난이나 사고.

데, 어느새 겨울이 다 지나고 입춘, 우수, 경칩, 춘분을 지나 삼월 삼진날이 다다랐다. 나무 나무 속잎 나고, 가지가지 꽃이 피자 놀부 제비가 박씨를 입에다 물고 하늘에 둥실 떠올라 조선 땅으로 향했다.

촉나라 사천 리, 촉산도 이천 리, 팽성도 오백 리를 지나쳐 하룻밤을 쉬더니 아방궁•을 얼른 지나 월하선 일만 이천 리를 순식간에 지났다. 잠깐 쉬고 나서 다시 밤낮으로 펄펄 날아 놀부 집에 다다르니 놀부가 보고 좋아라 하며,

"반갑다, 내 제비. 어디를 갔다가 이제 와? 얼씨구나, 내 제비. 어이 이리 더디 와서 내 간장을 녹이느냐? 박씨 물어 왔거들랑 어서 급히 나를 다오."

손바닥을 쩍 벌리고 제비한테 절을 하며 박씨 주기만 기다리니 저 제비가 물었던 박씨를 놀부 손에 뚝 떨어치고 하늘에 둥실 올라가 흰 구름 속으로 날아갔다.

"옳다, 저 제비! 박씨를 물어 왔구나. 어서 빨리 심어 보세."

놀부 아내가 박씨를 보더니,

"박씨에 원수 구(仇), 바람 풍(風) 써 있으니 불길합니다. 바삐 내다 버려요."

"무식한 사람이 무엇을 안다고 그래? 원수 구 글자가 군자호구(君子好逑)라는 구 자와 꼭 같으니, 이 박에서 미인이 나와서 내 짝이 된다는 말이거든."

"허! 그렇다면 바람 풍 자는 또 웬일이오?"

• **아방궁** 중국 진나라 시황제가 기원전 212년에 세운 궁전. 산시성 시안 서쪽에 있다.

"바람 풍은 더욱 좋지. 옛적에 와룡 선생 제갈공명*이 동남풍을 빌어 조조의 수만 대군을 박살 냈단 말도 못 들었는가. 우리도 이 박을 심어 삼월 동풍에 싹이 나고 사월 남풍에 고이 자라 팔월 금풍*에 따고 보면 보물이 풍풍 나와 온 집 안이 풍덩풍덩. 처마에다 풍경 달고 방 안에 병풍 치고 이내 몸이 풍류로 놀면 그 아니 풍족할까. 아무 말 말고 어서 심세."

동쪽 처마 담장 밑에 구덩이를 깊이 파고 일 년 농사지을 거름을 한꺼번에 져다 붓고 단단히 심었더니, 아침나절에 심은 박씨가 저녁때에 순이 나서 종기에 부푼 다리처럼 퉁퉁하게 솟아났다. 놀부 아내가 깜짝 놀라,

"아이고, 저것 생긴 것을 보니 아무래도 무슨 괴변이 생기겠소. 바삐 뽑아 버려요."

"이게 무슨 방정맞은 소리여? 될성부른 것은 떡잎부터 안다는 말도 못 들었는가."

그로부터 박 넝쿨이 날마다 갑절씩 쭉쭉 뻗어 나가는데, 순이 어찌나 굵은지 어디 가서 턱 걸치면 영락없이 무너졌다. 사당에 걸치자 사당이 무너져 신줏단지가 깨어지고, 곳간에 걸치자 곳간이 무너지고, 온 동네로 다 뻗어서 어느 집이고 간에 걸치면 턱 무너져 버렸다.

그렇게 무너진 집값을 물어 주다 보니 삼사천 냥이 오간 데 없었다. 박이 모두 일곱 통이 열렸는데 놀부 집 뒤뜰에 여섯 통이 열리

* **제갈공명** 중국 삼국 시대 촉한의 정치가. 뛰어난 군사 전략가로, 유비를 도와 오나라와 연합하여 조조의 위나라 군사를 크게 물리치고 촉한을 세웠다.
* **금풍** '가을바람'을 달리 이르는 말.

흥부전 • 작자 미상　117

고 뒷집 울 밑에 한 통이 열려서 날마다 쑥쑥 자라나는 것이었다.

어느덧 세월이 흘러 여름이 다 지나고 팔월 한가위에 다다랐다. 놀부 박통이 희면서도 누르스름하게 익은 것이 금빛이 뚜렷했다. 놀부가 좋아라고,

"저 박 빛깔이 누런 것이 분명히 금 들었지!"

달력을 찾아 펼쳐 놓고는 놀부가 길일로 날을 잡아 삯꾼 여러 명을 사서 박을 타는데, 꼭 금이 나올 줄로 믿고 금 말을 가지고서 소리를 메겼다.

"시르렁 실근 톱질이야. 어유와 톱질이로구나. 어와 세상 사람들아, 금의 내력을 들어 보소. 초한 시절 진평•이는 범아부•를 잡으려고 황금 사만 근을 적진 속에 흩었으며, 소진•이는 말을 잘해 금을 많이 실어 갔고, 곽거•는 효성으로 묻힌 금을 파냈다네. 시르렁 시르렁 당기어라 톱질이야. 나도 이 박을 어서 타서 금이 많이 나오며는 이 동네를 이름 바꿔 금곡동(金谷洞)이라 부르련다. 어여루 당기어라."

실근, 실근, 실근, 실근, 실근, 탁. 박이 활짝 벌어지니, 뜻밖에 박통 속에서 노인 하나가 나오는데 하고 있는 차림새가 볼만했다. 다 떨어진 헌 베 바지 속살이 다 보이고, 무명 삼베 적삼 위에다 개가죽

- **진평** 중국 한나라의 정치가. 한고조를 도와 천하 통일을 이루었으며, 여씨의 난을 평정하였다.
- **범아부** 중국 초나라의 정치가. 항우가 제후의 패자가 되도록 도왔다.
- **소진** 중국 전국 시대의 유세가. 진나라에 대항하기 위하여 한, 위, 조, 연, 제, 초의 여섯 나라가 동맹할 것을 주장하였다.
- **곽거** 중국 후한 때의 사람. 집이 가난하여 늙은 어머니가 굶주리는 것을 보고, 이를 면하게 하기 위하여 자식을 묻고자 땅을 파다가 황금 솥을 얻었다고 한다.

묶은 배자를 무릎까지 너덜너덜. 구멍 뻥뻥 중치막°은 아랫단에 황토 묻고, 떨어진 갓에다 석 자 남짓 베주머니 온 재산을 넣어 차고, 곱돌 조대° 허리를 쥐고 놀부네 안방으로 제집처럼 들어온다. 얼굴을 보자 하면, 토끼 면상에다가 빈대코가 맵시 있고 뱁새눈 병어 입에 목소리는 꽤나 크다. 노인이 두 눈을 부릅뜨고 놀부를 바라보며,

"네 이놈 놀부 놈아! 네 할애비 덜렁쇠와 네 할미 헛천덕이, 네 아비 껄덕쇠와 네 어미 빨닥례가 모두 나의 종이었다. 병자년 팔월에 과거 보려고 한양에 올라가서 사랑이 비었을 적에 흉악한 네 아비가 나의 재산을 모두 훔쳐 달아난 뒤에 간 곳을 몰랐더니 제비에게 소식 듣고 불원천리° 찾아왔다. 너의 식구 너의 세간을 박통 속에 급히 담아 우리 집으로 함께 가자."

놀부가 들어 보니 사람 상할 말이었다. 아니라고 잡아떼려 해도 증인 세울 사람 없고, 송사°를 하자 하니 좋지 못한 내력을 온 고을이 알 것이며, 싸워나 보자 한들 그 양반 생긴 것이 불에 넣어도 안 탈 모양이었다. 어찌하면 무사할까 저 혼자 궁리하는데 저 양반이 호통을 쳤다.

"네 이놈, 놀부야! 옛 상전이 와 계신데 네 아내와 자식들이 문안도 안 올리니 이런 법이 있느냐? 여봐라, 강남 하인들! 이리 오너라!"

말이 떨어지자 박통 속이 관청 문이 되어 수십 명 대답 소리에 온

- **중치막** 예전에 벼슬하지 아니한 선비가 소창옷 위에 덧입던 웃옷.
- **조대** 허리띠.
- **불원천리** 천 리 길도 멀다고 여기지 않음.
- **송사** 백성끼리 분쟁이 있을 때, 관부에 호소하여 관결을 구하던 일.

동네가 으근으근 들썩였다. 보기만 해도 겁나게 생긴 하인들이 몽치* 들고, 오랏줄 들고 꾸역꾸역 퍼 나오니 놀부가 할 수 없이 땅에 엎드려 애걸을 했다.
"여보시오, 상전님. 우리 부친이 양반으로 이 고장에 들어와서 고을 여러 양반 댁이 우리네 사돈인데, 이 소문이 나고 나면 저뿐만 아니라 그 양반들 망신입니다. 자라는 풀 꺾지 말랬다고 아무 말씀 안 하시면 속전*을 바칠 테니 속량해* 주옵소서."
"네 아비의 죄를 생각하면 기어코 잡아다가 조금만 잘못하면 사랑 앞 말뚝에 거꾸로 매달고 대추나무 방망이로 두 발목 복숭뼈를 꽝꽝 때려 가며 부려 먹을 일이야. 그래 네가 속전을 낸다면 얼마를 바칠 테냐. 지체 말고 곧 바쳐라."
"얼마나 바치리까?"
노인이 조그만 주머니를 하나 내더니,
"내가 너만 한 놈을 데리고 많고 적음을 다투겠느냐. 무엇으로 채우든지 이 주머니만 가득 채워 오너라."
놀부 생각에 저 양반 억지에 많이 달라 하고 보면 이 일을 어찌할까 잔뜩 염려했다가 주머니 하나만 채우라니 마음이 푹 놓였다.
"예, 그리하오리다."
주머니를 받아 들고 제 방으로 들어가서 엽전이 가득 담긴 주머니를 그 주머니에다 대고 조르르르르르 부으니, 놀부 돈주머니는 홀쭉하게 없어졌는데 샌님이 준 주머니는 아무렇지도 않고 가뿐했다.

* **몽치** 짤막하고 단단한 몽둥이.
* **속전** 죄를 면하기 위하여 바치는 돈.
* **속량해** 몸값을 받고 노비의 신분을 풀어 주어서 양민이 되게 해.

놀부가 어이없어,

"어허, 요것 봐라."

궤 문을 턱 열어 놓고 돈꿰미를 풀어내어 한 줌을 넣어도 간곳없고, 두 줌을 넣어도 간데없고, 세 줌을 넣어도 간 곳이 없고, 다섯 줌을 넣어도 간 데가 없다.

"푼돈이라 이러한가? 양돈으로 넣어 보자."

한 냥을 넣어도 간데없고, 석 냥을 넣어도 간데없고, 닷 냥을 넣어 봐도 아무 자취가 없다.

"꾸러미째로 넣어 보자."

스무 냥씩 묶은 돈을 한 다발 넣어도 간데없고, 열 다발 넣어도 간데없다. 주머니 생긴 모양이 무엇을 넣으려 하면 주둥이를 쩍 벌리고 산이라도 통째로 삼킬 듯하니, 넣고 보면 아무 흔적 간 곳이 없다.

"아이고 이게 무슨 주머니냐? 사람 죽일 주머닐세."

뒷부분 줄거리 다른 박을 열자 그 안에서 상여를 맨 이들과 걸인 무리 등 많은 사람들이 나와 놀부의 재산을 몽땅 가져간다. 마지막 박에서 나온 장군이 놀부를 죽이려 하자 흥부는 놀부를 살려 내고, 놀부 부부는 그동안의 악행을 뉘우친다. 흥부는 자신의 재산을 놀부에게 나누어 주고, 둘은 우애롭게 잘 산다.

 활동하기

❶ 흥부와 놀부의 성격과 삶에 대한 태도를 알 수 있는 말과 행동을 본문에서 찾아 써 봅시다.

	흥부	놀부
성격과 태도	• 심성이 착하고 욕심이 없다. • 가족을 생각하는 마음이 깊다. • 정이 많고 인간적이다. • 생활력이 약하다.	• 욕심이 많으며 돈을 최고로 여긴다. • 형제애가 없다. • 심술궂고 인간미가 없다. • 생활력이 강하다.
말과 행동	①	②

❷ 흥부와 놀부에 대한 두 가지 평가를 읽고 이에 대한 자신의 생각을 써 봅시다.

일반적인 관점	다른 관점
• 흥부는 다른 사람에게 험한 말도 못하는 착한 사람이다. • 놀부는 유산을 혼자 차지하려고 동생마저 내쫓는 나쁜 사람이다.	• 흥부는 가족도 책임질 수 없는, 경제적으로 무능한 사람이다. • 놀부는 근면하고 경제관념이 뚜렷하여, 자본주의 시대의 가치에 걸맞은 사람이다.

• 나의 생각: 흥부는 _____.

　　놀부는 _____.

❸ 다음은 이 소설에서 돈과 관련된 내용을 정리한 것입니다. 놀부는 자본이 등장하는 시대를 잘 읽어 내어 수단과 방법을 가리지 않고 돈을 벌었습니다. 하지만 윤리적으로 돈을 번 것은 아닌 듯합니다. 여러분이라면 가난하지만 바르게 살 것인지, 윤리적으로 문제가 있더라도 부자로 살 것인지 생각해 봅시다.

- 놀부가 혼자 유산을 받는다.
- 놀부는 고리대금업(돈을 빌려주고 높은 이자로 되돌려 받는 직업)을 하여 재산을 모은다.
- 놀부의 박에서 나온 사람들이 놀부에게 돈을 요구하고, 놀부는 망한다.

다르게 읽기

❹ 「흥부전」을 현대적 관점으로 다시 쓴다면 박에서는 무엇이 나올까요? 여러분이 박에서 나왔으면 하는 물건과 그 이유를 써 봅시다.

	흥부의 박	놀부의 박
「흥부전」에서 나온 것	몸에 좋은 약재, 돈과 쌀이 계속 나오는 궤짝, 비단 등 옷감, 그리고 목수들이 나와 집을 지어 줌.	제사를 드리는 노인, 놀부의 상전 양반, 여러 사람의 왈자패(깡패, 거지) 등이 나와 놀부의 돈을 빼앗아 버림.
나온 것의 의미	온갖 곡식과 돈, 집 등 풍족한 의식주를 누리고 싶어 하는 가난한 농민들의 염원	수단과 방법을 가리지 않고 부를 축적한 놀부에게 내려진 벌
현대의 관점에서 나올 물건	①	②

흥부전 · 작자 미상 123

작품 해설

권선징악의 뻔한 이야기가 아닌 또 다른 철학을 지닌 「흥부전」 깊이 보기

　이 소설은 심술 많고 고약한 형 놀부와 마음씨 착한 동생 흥부의 이야기입니다. 가난한 삶에서 헤어 나오지 못하던 흥부는 다친 제비를 치료해 주고 얻은 박씨를 심고, 박에서 나온 금은보화로 큰 부자가 됩니다. 놀부는 흥부가 부자가 된 사연을 듣고는 제비 다리를 일부러 부러뜨려 박씨를 얻습니다. 그 박에서는 놀부를 괴롭히는 온갖 무리들이 나와서 놀부의 재산을 빼앗고, 놀부는 망하게 됩니다. 이 소식을 들은 흥부는 놀부에게 재물을 나누어 주고 이후 형제는 사이좋게 살았다는 이야기입니다.

　이 이야기의 주제는 형제간의 우애와 권선징악(착한 사람은 복을 받고 나쁜 사람은 벌을 받는다.)입니다. 그러나 한편으로는 조선 후기의 사회상을 현실감 있게 제시하고 있다는 관점도 있습니다. 당시 상업의 발달로 부를 축적하게 되는 놀부형 인간과 아직도 새로운 경제 체제에 적응하지 못하고 무능한 흥부형 인간으로 두 유형의 인물을 대비시켜 그 당시 빈부 격차를 풍자하고 있다는 의견입니다.

　전래 동화에나 나오는 나쁜 형과 착한 동생의 이야기만이 아닌, 조선 후기 사회의 경제적 모순과 함께 가난한 민중들의 삶을 풍자하는 민중 의식이 반영되어 있습니다. 그리고 그 속에 신분제 사회에 대한 문제 제기도 있는 상당히 깊이 있는 이야기로 보입니다. 또한 판소리로 공연되었던 소설이기 때문에 중간중간에 비극적인 가난의 상황을 웃음으로 묘사하는 서민 특유의 건강한 해학이 드러납니다. 위기에서 구해 준 제비가 가지고 온 박을 통해 부자가 된다는 이야기는 초자연적인 요소를 통해 당시 서민들의 희망을 드러내면서도 착하게 살면 반드시 좋은 세상이 온다는 교육적인 메시지를 담고 있기도 합니다.

　「흥부전」은 그저 재미있는 이야기가 아니라 당시의 급변하는 사회상과 함께 서민들의 삶을 해학적으로 풀어 낸, 의미 있는 현실 반영 소설로 보아도 좋겠습니다.

엮어 읽기

박하령, 『의자 뺏기』

아빠는 재혼으로 새 가정을 꾸리고, 엄마는 불의의 사고로 세상을 떠나면서 몇 년 만에 같은 집에 살게 된 쌍둥이 자매 은오와 지오의 이야기입니다. 피해 의식과 소심함에 사로잡힌 사춘기 소녀의 감성과 심리가 유쾌하면서도 생생하게 드러납니다. 형제자매 간의 경쟁이라는 측면에서 「흥부전」과 비교해 볼 수 있습니다.

양반전

박지원(1737~1805)

박지원은 조선 시대의 문장가이자 실학자입니다. 중국 청나라에 대한 견문 등을 바탕으로 실학을 강조하였으며, 자유롭고 기발한 문체를 구사해 당시의 잘못된 사회상을 고발하는 여러 편의 한문 소설을 썼습니다. 주요 작품에는 「허생전」, 「호질」, 「예덕선생전」, 「민옹전」 등이 있습니다.

"아니, 이 양반이?"라는 말이 있지요? 지금은 말에만 그 흔적이 남고 양반이라는 계급은 사라졌습니다. 하지만 조선 시대에는 양반의 권세가 대단했어요. 양반만이 비단옷을 입을 수 있었고 귀한 사람 대접을 받았지요. 아무리 큰 부자여도 말을 타고 가다 양반집이 보이면 내려서 걸어가야 했고, 양반이 지나가면 모두 눈을 내리깔고 허리를 숙여 인사를 해야 했다고 하니 누구든 양반으로 태어나고 싶었겠죠?

지금부터 읽어 볼 「양반전」은 바로 이 '양반'을 팔고 산 사람들의 이야기예요. 양반이라는 지위를 왜 팔 수밖에 없었는지, 양반을 사겠다는 사람은 도대체 누구인지 같이 확인하며 읽어 봅시다.

 돈을 아무리 많이 주어도 살 수 없는 것들은 무엇이 있을지 생각해 봅시다.

양반전

●박지원 / 박희병·정길수 옮김●

'사(士)'(선비)란 하늘이 내린 벼슬이요. 사(士)의 마음[心]을 뜻[志]이라 하는데, 그 뜻이란 어떠해야 하는가? 권세와 이익을 꾀하지 않고, 출세해도 '사(士)'에서 벗어나지 않으며, 곤궁해도 '사'의 도리를 잃지 않고, 이름과 절의를 거짓으로 꾸미지 않아야 한다. 문벌과 지체를 재화로 삼아 대대로 이어 온 덕을 팔아먹는다면 장사꾼과 무엇이 다르겠는가? 이에 「양반전」을 짓는다.

'양반'이란 사족(士族)●을 높여 부르는 말이다.

정선군에 어떤 양반이 살았다. 양반은 어질고 책 읽기를 좋아해서 매번 고을에 군수가 새로 부임할 때마다 반드시 그 집에 찾아가 인사를 차렸다. 하지만 집이 가난해서 해마다 군에서 환자●를 빌려다가 먹었는데, 몇 해가 지나고 보니 빌린 곡식이 1천 섬에 이르렀다.

관찰사가 각 고을을 순시하다가 환자 장부를 열람하고는 몹시 노하여 말했다.

●**사족** 선비나 무인의 집안. 또는 그 자손.
●**환자** 환곡. 조선 시대에, 각 고을에서 백성들에게 봄에 곡식을 꾸어 주고 가을에 이자를 붙여 거두던 일. 또는 그 곡식.

"어떤 놈의 양반이 관아 곡식을 이처럼 축냈단 말이냐!"

관찰사는 양반을 옥에 가두도록 명했다. 군수는 양반이 가난해서 빌린 곡식을 갚을 길이 없는 형편임을 딱하게 여겨 차마 가두지 못했지만, 그렇다고 해서 달리 뾰족한 방법을 찾을 수도 없었다. 양반은 밤낮으로 울기만 할 뿐 아무런 대책이 없었다. 그러자 양반의 아내가 책망했다.

"평생 당신은 책 읽기를 좋아하더니만 환자 갚는 데는 아무 소용도 없구려. 쯧쯧, '양반'! '양반'은 한 푼어치도 안 되는구랴!"

그 마을의 부자가 가족과 상의하며 이렇게 말했다.

"양반은 가난하다 할지라도 늘 존귀하지만, 나는 부자라도 항상 비천해서 감히 말도 탈 수 없고, 양반을 보면 몸을 움츠리고 숨을 죽인 채 설설 기어가 바닥에 엎드려 절해야 하고, 코가 땅에 닿도록 엎어져 무릎으로 기어야 해. 나는 항상 이런 수모를 겪으며 살아 왔어. 지금 양반 하나가 가난해서 환자를 갚지 못하다가 큰 곤욕을 치르게 생겼으니, 필시 양반 신분을 유지하지 못할 듯싶어. 내가 장차 그 양반 신분을 사서 가졌으면 해."

마침내 양반 집을 찾아가 환자를 대신 갚아 주겠다고 하니 양반은 몹시 기뻐하며 승낙했다. 그러자 부자는 그 자리에서 관아로 환자를 보냈다.

군수는 몹시 놀랍기도 하고 의아하기도 해서 양반의 집을 찾아가 위로하는 한편 환자를 갚은 사정을 물어보았다. 양반은 군뢰복다기•를 쓰고 잠방이•를 입은 채 길에 엎드려 자신을 '소인'이라고 칭하며 감히 고개를 들어 올려다보지 못하는 것이었다. 군수는 깜짝 놀라 양반을 부축해 일으키며 말했다.

"족하께선 왜 이리 스스로를 욕되이 낮추십니까?"

양반은 더욱 두려워하며 머리를 조아리고 엎드려 말했다.

"황송하옵니다! 소인이 감히 스스로를 욕되이 하는 것이 아니옵니다. 소인은 이미 양반을 팔아 환자를 갚았사오니, 이제는 마을의 부자가 바로 양반이옵니다. 소인이 어찌 감히 옛날 칭호를 함부로 쓰면서 자신을 높일 수 있겠습니까?"

군수가 탄식하며 말했다.

"군자답구나, 부자여! 양반답구나, 부자여! 부유하되 인색하지 않으니 의롭다 할 것이요, 남의 어려움을 서둘러 도우니 어질다 할 것이요, 비천함을 싫어하고 존귀함을 좋아하니 지혜롭다 할 것이다. 이 사람이야말로 진짜 양반이로구나. 하지만 사사로이 거래를 하면서 증서를 만들어 두지 않았다가는 훗날 소송의 빌미가 될 수 있다. 너와 내가 고을 사람들을 모아 증인으로 삼고 증서를 만들어 사실 관계를 분명히 해 두자. 나는 군수로서 마땅히 서명하겠다."

그러고 나서 군수는 관아로 돌아가 고을의 사족(士族)이며 농민이며 공인이며 상인을 모두 불러 관아 뜰에 모이게 했다. 부자는 좌수와 별감의 오른쪽에 앉히고, 양반은 호장과 이방의 아랫자리에 세웠다. 군수는 다음과 같은 증서를 만들었다.

- **군뢰복다기** 조선 시대에, 군대에서 죄인을 다루는 일을 맡아보던 군뢰가 군장을 할 때 쓰는 붉은 갓.
- **잠방이** 가랑이가 무릎까지 내려오도록 짧게 만든 홑바지.

건륭 10년● 9월 모일, 이 증서는 양반 신분을 팔아 관아의 곡식을 갚은 일을 기록한 것으로, 그 값은 1천 섬이다.

대저 양반은 칭호가 많기도 하다. 독서하면 '사(士)'라 하고, 벼슬을 하면 '대부(大夫)'라 하며, 덕이 있으면 '군자(君子)'라 하고, '무신(武臣)'은 서쪽에 늘어서고, '문신(文臣)'은 동쪽에 늘어서므로 이를 '양반(兩班)'이라 하나니, 네가 원하는 칭호를 따를지어다.

양반은 비천한 일은 일절 않고, 훌륭한 옛사람과 같이 되기를 희구하며● 뜻을 고상하게 가져야 한다. 언제나 5경●이면 일어나 유황에 불을 붙여 등잔불을 켜고는 눈은 코끝을 보고 두 발꿈치는 모아서 엉덩이에 괴고 앉아 『동래박의』●를 얼음에 박 밀 듯 줄줄 외어야 한다. 굶주림을 참고 추위를 견디며 가난하단 소리는 입 밖에 꺼내지 말아야 한다. 이를 딱딱 마주 치고, 손가락을 튕겨 뒷머리를 자극하며, 입속의 침을 모아 몇 번에 나누어 삼켜야 한다. 털모자는 옷소매로 닦아 먼지를 탁탁 털어 윤이 나게 해야 한다. 손을 씻을 때는 주먹으로 마찰하지 말고, 양치질은 깨끗이 해서 입 냄새가 없어야 한다. 소리를 길게 뽑아 노비를 부르고, 걸음은 느릿느릿 걸어야 한다. 『고문진보』●며 『당시품휘』●를 깨알만 한 글씨로 베껴 한 줄에 100자씩 써야 한다. 손으로 돈을 만지지 말고 쌀값을 묻지 말아야 한다. 아무리 더워도 버선을 벗지 말고, 맨상투로 식사를 해서는 안 된다. 밥 먹을 때 국을 먼저 떠먹어서는 안 되고, 마실 때 후루룩 소리

● **건륭 10년** 1745년. '건륭'은 청나라 고종 때의 연호.
● **희구하며** 바라고 구하며.
● **5경** 하룻밤을 다섯 부분으로 나누었을 때 맨 마지막 부분. 새벽 세 시에서 다섯 시 사이이다.
● **동래박의** 중국 남송의 동래 여조겸이 『춘추좌씨전』에 대하여 논평하고 주석한 책.
● **고문진보** 중국 송나라 말기에 황견이 주나라 때부터 송나라 때까지의 시문을 모아 엮은 책.
● **당시품휘** 중국 명나라의 고병이 편찬한 당시 선집.

를 내서는 안 된다. 젓가락으로 음식을 집을 때 방아 찧듯이 해서는 안 되고, 생파를 먹지 말아야 한다. 술 마실 때 수염을 빨지 말고, 담배 피울 때 볼이 움푹 패도록 담배를 빨지 말아야 한다. 노여워도 아내를 때려선 안 되며, 성이 나도 그릇을 발로 차면 안 된다. 아녀자에게 주먹질을 해선 안 되고, 노비들에게 "뒈져 버려라!"라고 욕을 해선 안 되며, 마소를 꾸짖을 때도 마소를 판 원래 주인을 욕해선 안 된다. 병이 나도 무당을 불러선 안 되고, 제사 지낼 때 중을 불러다 재를 지내선 안 된다. 화롯불에 손을 쬐어서는 안 되고, 말할 때 이를 드러내며 침을 튀겨서는 안 된다. 소 잡는 일을 하지 말고, 노름을 하지 말아야 한다.

　이상의 온갖 행실 가운데 양반 신분에 어긋나는 짓을 했을 경우 이 증서를 가지고 관아에 나와서 바로잡도록 한다.

　　　　　　　　　　　고을 원 정선 군수　　　(서명)
　　　　　　　　　　　좌수　　　　　　　　　　(서명)
　　　　　　　　　　　별감　　　　　　　　　　(서명)

　이에 통인*이 여기저기 도장을 찍는데, 그 소리는 북이 둥둥 울리는 듯하고, 그 모양은 북두성이 세로 놓이고 삼성*이 가로 놓인 듯했다. 호장이 증서를 다 읽고 나자 부자는 한참 멍하니 있다가 말했다.

　"양반이라는 게 겨우 이것뿐입니까? 저는 양반이 신선과 같다고 들었는데, 양반이라는 게 정말 이뿐이라면 너무 재미없는 일 아닙

• **통인** 조선 시대에, 경기·영동 지역에서 수령의 잔심부름을 하던 구실아치.
• **삼성** 오리온자리에 있으며, 중앙에 나란히 있는 세 개의 큰 별을 '삼형제별'이라 한다.

니까. 저에게 뭔가 이익이 되도록 증서를 고쳐 주십시오."
그러자 군수는 증서를 새로 만들었다.

하늘이 백성을 내 사·농·공·상 네 가지 백성이 있는 바, 그 넷 가운데 가장 귀한 것이 '사(士)'인데, 이를 일러 '양반'이라 하나니 그 이로움이 막대하다.

양반은 농사도 짓지 않고 장사도 하지 않지만, 글공부 대충해서 크게 되면 문과(文科) 급제요, 작게 되더라도 진사(進士) 급제다. 문과 홍패˙가 2척에 불과하지만 그 안에 온갖 물건이 구비되어 있으니, 이것이 곧 돈자루다.

서른 살에 진사 되어 처음 벼슬길에 나설지라도 이름난 음관˙이 될 수 있고 웅남˙을 잘할 수 있다. 일산(日傘) 바람에 귀가 희어지고, 설렁줄˙에 대답하는 아랫것들의 "예이" 하는 소리에 배가 부예지며˙, 방에는 단장한 기생의 귀고리가 떨어져 있고, 뜰에는 학을 길러 그 울음소리를 듣는다.

곤궁한 사(士)는 시골에 살아도 제멋대로 횡포를 부릴 수 있다. 이웃집 소를 뺏어다가 제 논을 먼저 갈고, 백성들을 끌어다가 제 밭 김을 매게 한들 누가 감히 대들쏘냐? 코에다가 잿물을 들이붓고, 머리끄덩이를 돌리며 귀밑머리를 뽑은들 감히 원망할 자 없을지어다.

- **홍패** 문과에 급제한 사람에게 주던 증서. 붉은색 종이에 성적, 등급, 성명을 먹으로 적었다.
- **음관** 과거를 거치지 아니하고 조상의 공덕에 의하여 맡은 벼슬. 또는 그런 벼슬아치.
- **웅남** 웅남행. 벼슬의 품계가 높은 음관.
- **설렁줄** 처마 끝 같은 곳에 달아 놓아 방울을 울릴 때 잡아당기는 줄. 사람을 부를 때 쓴다.
- **부예지며** 살갗이나 얼굴 따위가 허옇고 멀겋게 되며.

증서를 작성하는 중간에 부자가 혀를 내두르며 말했다.
"그만두세요. 그만둬! 맹랑하기도 합니다! 장차 나를 도적으로 만들 셈입니까?"
부자는 고개를 절레절레 흔들며 가더니 죽을 때까지 다시는 양반이 되겠다는 말을 하지 않았다.

 활동하기

❶ 빈칸을 채우며 「양반전」의 줄거리를 정리해 봅시다.

> 　강원도 정선에 덕망 높은 양반이 살았는데 너무 가난하여 관가의 ①_____을/를 타 먹고 살았다. 빌린 곡식이 천 섬이 되었지만 갚을 길이 없어 ②_____만 하고 있을 때, 평소 양반이 되기를 바라던 이웃의 평민 부자가 이를 알고 찾아가 돈을 주고 양반을 ③_____을/를 간청하였다.
> 　양반이 환곡을 모두 갚았다는 소식을 들은 군수가 양반에게 가 보니, 베옷을 입고 자신을 소인이라고 하며 땅에 엎드려 감히 쳐다보지도 못하는 것이었다. 부자가 돈을 주고 양반을 샀음을 알게 된 군수는 부자를 불러 크게 칭찬하면서 이를 증명할 ④_____을/를 만들자고 한다. 모두가 모인 앞에서 군수가 양반으로서 해야 할 일들에 대해 나열하자 부자는 양반은 ⑤_____와/과 같을 줄 알았는데 아니라며 좋은 것도 넣어 달라고 한다. 이에 군수가 두 번째 문서를 만들어 주며 양반의 횡포와 권리에 대해 말해 주자 부자는 "나를 ⑥_____(으)로 만들 셈입니까?" 하고는 도망쳐 다시는 양반 소리를 입에 올리지 않았다.

❷ 군수가 양반 증서를 만들어 주며 증인이 되겠다고 한 진짜 이유는 과연 무엇일까요?

❸ 양반과 부자에게서 칭찬할 점, 비판할 점을 각각 찾아봅시다.

	양반	부자
칭찬할 점	• 약속을 지켜 소인 행세를 함. ①	②
비판할 점	③	• 돈으로 양반이라는 지위를 사려고 함. ④

다르게 읽기

❹ 작품 속 양반의 모습과 비교하여 오늘날 우리 사회의 리더는 어떤 자세를 갖추어야 한다고 생각하나요?

> 작품 해설

양반에 대한 날카로운 풍자를 담은 한문 소설

「양반전」은 『연암집(燕巖集)』 권 8 별집(別集) 『방경각외전』에 실린 한문 소설로 양반층의 증가와 더불어 신분의 질서가 붕괴되던 조선 후기의 시대상과 밀접한 관련이 있습니다. 농업 생산력이 증대되고 상공업이 발달하자 부를 축적한 평민들이 나타나기 시작했고, 재정이 어려웠던 조정에서는 양반의 지위를 사고파는 것을 눈감아 주기에 이릅니다.

풍자란 어떤 대상을 비꼬거나 조롱함으로써 웃음을 유발하고 이를 통해 대상을 비판하는 표현 방식을 말하는데, 이 작품에서 주된 풍자의 대상은 바로 양반입니다. 자신의 지위를 판 양반이 평민의 옷을 입고 엎드린 채 자신을 소인이라고 낮춰 부르는 장면은 웃음을 유발합니다. 첫 번째 양반 증서에서는 양반의 의무를 나열하며 겉치레를 중시하는 양반을 풍자합니다. 두 번째 문서에서는 평민들을 괴롭히고 부당한 방식으로 자신의 이익을 추구하는 양반을 비판하고 있는데 이를 두고 부자가 '도적'이라고 말하는 부분에서 양반에 대한 풍자는 최고조에 이릅니다.

양반뿐만 아니라 돈으로 신분을 사려던 부자 또한 풍자의 대상입니다. 이는 군수가 양반을 산 부자에게 그 행위가 의롭고 어질고 지혜롭다며 크게 칭찬하는 척 비꼬는 부분에서 잘 드러납니다. 군수는 신분 거래를 인정하는 것처럼 보이지만 결국 양반 거래를 무효화시킴으로써 신분 질서의 변동을 막는 역할을 합니다. 두 계층의 잘못을 모두 비판하지만 신분 제도 자체를 부정하지는 않고 있는데 이는 작가 박지원 또한 양반이었기 때문에 가지고 있는 인식의 한계라고도 볼 수 있겠습니다.

> 엮어 읽기

박지원, 『허생전』
박지원의 또 다른 한문 소설입니다. 글 읽기만 하던 양반 허생이 아내의 성화에 글공부를 중단하고 집을 나가 돈을 벌고, 실존 인물인 정치인과 대화를 나누는 과정을 통해 당시 조선 사회의 정치 현실과 양반의 허례허식, 무능력함을 비판한 작품입니다. 「양반전」에 드러나는 풍자의 모습과 비교하며 읽어 보면 재미있습니다.

교과서 밖 소설

돌이킬 수 없는 실수

엘비라 린도(1962~)

엘비라 린도는 스페인 남부의 카디스에서 태어났습니다. 라디오 방송의 아나운서로 일했으며, 많은 방송 대본을 썼습니다. 라디오 드라마로 처음 선보였던 '마놀리토' 이야기를 각색하여 발표한 동화 '마놀리토 시리즈'로 큰 사랑을 받았습니다. 주요 작품에는 「동글동글 안경잡이 마놀리토」, 「꿈꾸는 수다쟁이 마놀리토」, 「다른 세상」 등이 있습니다.

　많은 사람들이 좋아하는 무언가에 대해 그다지 흥미를 느끼지 못한 적이 있나요? 예를 들면 최근 유행하는 어떤 드라마에 대해 친구들이 신나게 이야기할 때, 나는 사실 평소 드라마를 잘 보지 않지만, 적당히 그 드라마를 본 척 한다든가 말입니다. 한창 사람들 사이에 유행하는 것에 대해 모른다고 이야기하면 안 될 것 같아서 나도 그 유행을 따르는 척 해 본 경험이 한 번씩은 있을 것입니다. 많은 사람들과 함께할 때 우리는 심리적 안정감을 느끼지만, 때로는 다른 사람에게 나를 맞추는 것이 부담스럽기도 하지요.
　스페인의 수도인 마드리드의 카라반첼 알토 마을에 한 소년이 살고 있습니다. 마을 사람들은 레알 마드리드 축구팀을 좋아합니다. 소년은 동네 사람들과 함께 축구 경기를 보다가 그만 큰 실수를 저지릅니다. 어떤 실수인지 한 번 따라가 볼까요?

 **여러분은 많은 사람들과 함께 응원하며 스포츠 경기를 관람한 적이 있나요?**

돌이킬 수 없는 실수

●엘비라 린도 / 김수진 옮김●

　내 상황에서 레알 마드리드 팀 이외의 다른 선택은 있을 수 없었다. 아버지도 레알 마드리드 팬이고, 노르웨이의 한 식당에서 일하고 있는 삼촌도 역시 레알 마드리드 골수팬이니, 나는 타고난 레알 마드리드 일원일 수밖에 없었다. 레알 마드리드 팀이 이 땅에 존재하기 훨씬 전에 이 지구상에 최초로 존재했던 가르시아 모레노 가문의 조상님들이 동굴에서 나와 이렇게 말한 게 틀림없다.
　"먼 훗날 언젠가 축구라는 운동 경기가 생겨날 것이고, 레알 마드리드라는 축구팀이 결성될 것이다. 내 눈으로 레알 마드리드 팀의 경기를 직접 볼 수 없는 게 안타깝도다!"
　"하지만 우리의 후손들은 볼 수 있을 걸세!"
　이 얼마나 감동적인 장면인가. 결국 카라반첼 알토 마을에 살면서 레알 마드리드 팀을 응원하지 않을 거라면, 차라리 입을 봉하고 살든지 일찌감치 다른 곳으로 이사를 가는 게 나을 거라는 이야기다. 내가 만일 레알 마드리드 팬이 아니었더라면, 그건 우리 가문의 수치일 것이고, 주먹 좀 쓰는 이하드는 내게 우격다짐을 할 게 분명하며, 아버지는 차마 고개를 들고 다닐 수조차 없을 거다. 또 아래층에 사는 루이사 아주머니는 엄마한테 이렇게 말했을 것이다.

"어머나, 이 집 아들은 레알 마드리드 팬이 아니라면서요? 아무래도 정신과에 가 봐야 하는 것 아닌가요?"

이건 결코 과장이 아니다. 그 증거로 1995년 1월 7일에 있었던 사건을 이야기하겠다.

그러니까 그 역사적인 토요일 낮, 레알 마드리드 팀과 바르셀로나 팀 간에 빅게임이 예정되어 있었다. 엄마는 할아버지와 아버지를 위해서는 달걀을 덜 익힌 토티야 한 판을, 나와 내 동생 '밥맛'의 도시락으로는 달걀을 푹 익힌 토티야 한 판을 싸 주셨다. 나와 '밥맛'은 한 입 물었을 때 끈끈한 달걀노른자가 흘러나오는 걸 별로 좋아하지 않기 때문이다. 엄마는 통신 판매 회사를 통해 사 놓은 토티야 전용 도시락 통에 음식을 넣어 주고 아쉬워하며 눈물로 우리를 배웅해 주었다.

경기를 보기 위해 집을 나온 사람들은 우리 가족만이 아니었다. 온 동네 사람들이 거리로 쏟아져 나왔던 것이다. 하지만 이 사람들이 모두 경기장으로 가고 있는 건 아니다. 사실은 우리 동네에서 제일 유명한 식당인 엘 트로페손으로 가고 있었다.

일단 축구 경기가 있는 날이면 사람들은 각자 집에서 마련한 도시락을 들고 엘 트로페손에 모였다. 주인아저씨는 레알 마드리드의 경기가 있는 역사적인 날에 자신만 주방에 들어가 음식을 만들 수 없다고 항의하듯 말했다. 그랬다가는 가장 중요한 '골인' 순간을 놓칠 게 뻔하다는 것이었다. 그래서 하루는 할아버지가 이렇게 말했다.

"그렇게 불평하려면 아예 식당 문을 닫아 버리지 그러냐?"

그렇지만 주인아저씨는 혼자 안방 텔레비전 앞에서 경기를 지켜보는 건 도무지 감동이 없다면서, 역시 중계는 자기 식당에서 사람들과 어울려 함께 보는 게 최고라고 고집했다. 결국 아저씨는 전략을 마련했다. 경기 시작 직전, 식당에 모인 사람들한테 "거기 와인 몇 잔 줄까? 생맥주 몇 잔?" 하고 묻는다. 아버지가 "생맥주 열일곱 잔!" 하고 대답하면, "너무 적을 것 같은데……. 나중에 후회하지 말고 잘 생각해서 주문하게나!"라고 대꾸한다. 그럼 아버지는 영락없이 "그럼 스무 잔 주시오. 아무래도 모자라는 것보다는 남는 게 나으니까."라고 말한다. 이렇게 탁자마다 주문을 받아 그 수대로 술잔을 스탠드 위에 줄지어 세워 놓으면 준비가 끝나는 것이다. 가끔 경기 도중에 울먹이듯 애원하는 사람들도 있다.

"아저씨, 제발 맥주 한 잔만 더 줘요. 열 뻗쳐 죽겠네!"

그러면 주인아저씨는 스탠드 안쪽에서 나 몰라라 하는 표정으로 이렇게 대답한다.

"미안하네. 그러기에 진작 잘 생각해서 주문하라고 했지?"

독자 여러분은 믿기 어렵겠지만 주인아저씨의 이런 손님맞이 태도에도 단골 식당을 다른 곳으로 바꿔 버리는 사람은 한 명도 없었다.

아저씨가 내건 좌우명은 바로 다음과 같았다. '손님들한테는 강하게 대해야 한다. 주인 말이 곧 법이다. 억울하면 주인이 되면 될 것 아닌가. 내 방식이 마음에 들지 않으면 다른 식당으로 가도 좋다. 중국 사람보다 더 많은 게 곳곳에 널린 식당들이니.'

아저씨는 이 좌우명을 타일에 박아 가족사진과 함께 스탠드 위에 세워 놓았다. 사진은 다섯 자녀들과 함께 찍은 것인데, 그 밑에 이런 글귀가 새겨져 있었다. '오늘도 무사히! 아빠, 과속하지 마세요!'

사실 아저씨는 자동차도 없고, 운전면허조차 없다. 그래서인지 카오디오가 달려 있고, 트럭 조수석에 나나 '밥맛'을 태우고 다니는 우리 아버지를(아버지는 트럭 운전사다.) 늘 부러워했다.

  그날, 그러니까 1월 7일 토요일에도 카라반첼 알토 마을 사람들은 하나같이 엘 트로페손 식당에 모였다. 근처 다른 식당에서 의자를 빌려다가 꾸역꾸역 끼어 앉아 있는 모습은 참으로 인상적이었다. 물론 그 속에 나도 끼어 있었다. 나는 아버지의 핏줄을 이어받아 축구를 무척이나 좋아하는 것처럼 잔뜩 폼을 잡고 있었다.(머리가 돌아가기 시작한 이후로 나는 늘 축구를 좋아하는 척하고 다녔다.) 어쨌거나 트럭 조수석에 나 대신 '밥맛'이 앉아 있는 모습은 상상조차하기 싫었으니까. 이런 이유로, 나는 솔직히 축구를 보면서 아무런 감흥을 느낄 수 없었지만, 단 한 번도 그 사실을 이야기하지 못한 채 지금까지 지내 온 것이었다. 난 내 주변 상황에 맞는 사람으로 살아갈 필요가 있었던 것이다.

  일단 골이 들어가면 나는 다른 사람들보다 좀 더 크게 고함을 지르거나 껑충껑충 뛴다. 그러다가 가끔은 실수를 하기도 하는데, 그 '재수 없던' 토요일도 예외는 아니었다.

  그날의 실수는 내 평생 가장 치명적인 실수였다. 레알 마드리드 팀이 네 번째 골을 성공시키자 나는 탁자 위로 뛰어 올라가 심호흡을 하고는 내 덩치에서 뿜어낼 수 있는 가장 큰 목소리로 이렇게 외쳤다.

  "자 다 같이! 로~마리우 만세! 만세! 만세!"

  내가 너무나 열을 올리며 소리친 탓인지 안경알마저 뿌옇게 변해 앞을 볼 수가 없었다. 그런데 순간 주변에 정적이 흐르는 것을 느낄 수 있었다. 마치 무덤과도 같은 정적이었다. 나는 도대체 무슨 일인가 싶어 안경알을 닦아 냈다. 사람들은 이제 나를 쳐다보는 대신 아버지를 노려보고 있었다. 마치 똘똘 뭉친 단체 속에 느닷없이 이방인이 하나 들어와 앉아 있다는 듯한 눈이었다. 사람들은 아버지가 내게 한 방 날려 주기를 바라는 것 같았지만, 아버지는 엄마와는 달리 물리적 폭력을 싫어하는 분이라 그저 말없이 고개를 숙였다. 나는 마치 식당에 모여 있던 사람들이 일제히 나를 두들겨 패기라도 한 듯한 아픔을 느꼈다. 하지만 엘 트로페손에 모인 사람들 역시 구태의연한 물리적 폭력을 행사하는 사람은 아니었다. 나는 도움을 구하려고 할아버지를 찾았다. 그런데 그 긴박한 상황 속에서 할아버지는 한쪽 구석에서 단잠에 빠져 있었다. 이하드가 얼음 조각 하나를 내 쪽으로 던졌다. 얼음 조각이 튀어 내 안경에 부딪쳤고, 나는 안경을 벗어 닦았다. 사실 나는 얼음 조각을 던져 준 이하드한테 오히려 고맙다고 말하고 싶은 심정이었지만 아버지는 기분이 상한 것 같았다. 아버지가 이하드 아버지한테 말했다.

"여보게, 자네 아들이 가엾은 우리 아들을 괴롭히는데, 이대로 내버려 둘 생각인가?"

그러자 이하드 아버지가 말했다.

"이봐, 마놀로, 자네 아들 스스로 매를 벌었다고 생각해야 할 걸세. 로마리우가 레알 마드리드 팀이 아니라 바르셀로나 팀 선수라는 것 정도는 알고 있어야 하는 것 아닌가? 그런 것조차 모른다면 아예 나오지 말든가. 세상에! 어떻게 그런 걸 모를 수가 있단 말이야! 게다가 안경에 금이 간 것도 아니고, 진짜 주먹다짐을 한 것도 아니지 않나. 솔직히 우리 이하드의 행동에는 어디 하나 나무랄 데가 없었다고 보네. 아이들이 다 그렇지 뭐. 마놀로, 자네야말로 아들 녀석한테 집으로 돌아가 밖에 나오지 말라고 하는 게 나을 걸세."

아버지는 뭔가 말을 하려 했지만, 바로 그 순간 레알 마드리드 팀이 다섯 번째 골을 성공시켰고, 그 덕에 식당에 모인 사람들은 내가 받았던 정신적 고통 같은 것은 순식간에 잊어버리고 말았다.

나 역시 모든 것을 잊고 싶었다. 내가 그럴 수 있다면 이하드 역시 모든 것을 잊을 수 있을 테니까. 하지만 나는 알고 있었다. 월요일 아침이면 전교생이 이 헛다리 사건을 떠들어 대고 있을 거라는 걸.

집에 돌아와 잠자리에 들자, 아버지가 나지막이 말했다.

"마놀리토, 너무 걱정 말거라. 내일 아빠가 레알 마드리드 팀 명단을 다 적어 줄 테니까. 아무도 널 놀리지 못하게 말이다."

곧 방 안은 어둠 속에 잠겼다. 얼마간 시간이 흘렀다. 아마도 이 세상에 깨어 있는 사람은 나밖에 없을 거라는 생각이 들었다. 그런데 그때, 할아버지가 들어와 말했다.

"마놀리토, 오늘은 이 할아비랑 함께 잘까? 어째 발이 시린 게 너랑 같이 자면 따뜻할 것 같구나."

나는 할아버지 침대 속으로 들어갔다. 우리는 침대 반대편에 난 창문 쪽을 바라보고 누웠다.

"마놀리토, 걱정할 것 하나도 없다. 다음번 경기에는 토티야 도시락을 먹고 나랑 함께 구석 자리로 가자꾸나. 같이 한숨 늘어지게 자 버리는 거야. 아마 아무도 너를 쳐다보지 않을 거다."

"할아버지, 할아버지는 이 세상 일이 하나도 중요하지 않아?"

"아니야, 이 할아비한테도 소중한 게 딱 두 가지 있단다. 바로 너하고 네 동생이야."

할아버지, 내가 세상에서 가장 좋아하는 할아버지는 이렇게 늘 내 편이었다. 할아버지는 어느덧 잠 속으로 빠져들고 있었다. 나는 슬쩍 할아버지를 흔들어 깨우면서 그동안 궁금했던 것을 물었다.

"할아버지, 나하고 '밥맛' 중에 내가 조금 더 소중하지?"

"조금 더? 그래 맞아, 하지만 그런 건 중요한 게 아니란다."

금세 할아버지의 코 고는 소리가 들리기 시작했다. 나는 할아버지 입안에 손을 넣어 틀니를 빼면서 말했다.

"할아버지, 할아버지는 나 없으면 어떻게 하려고 해? 내가 다 해줘야 하잖아?"

할아버지는 코 고는 소리로 대답을 대신했다. 마을을 통째로 뒤흔들다시피 울려 대는 '드르렁' 소리로.

❶ 마놀리토가 저지른 '돌이킬 수 없는 실수'는 무엇인지 정리해 봅시다.

❷ 다음은 실수를 저지른 마놀리토를 위로하기 위해 할아버지가 한 말입니다. 이 말 속에 담긴 의미를 추측해 봅시다.

"마놀리토, 걱정할 것 하나도 없다. 다음번 경기에는 토티야 도시락을 먹고 나랑 함께 구석 자리로 가자꾸나. 같이 한숨 늘어지게 자 버리는 거야. 아마 아무도 너를 쳐다보지 않을 거다."

❸ 여러분은 '돌이킬 수 없는 실수'를 한 기억이 있나요? 그때 나의 기분, 주변 사람들의 반응은 어떠했으며 나에게 위로가 된 말이 있었는지 떠올려 봅시다.

- 나의 실수:

- 그때 나의 기분:

- 주변 사람들의 반응:

- 위로가 된 말:

다르게 읽기

❹ 마을 사람들 모두가 축구를 좋아하고 레알 마드리드를 응원한다고 해서 마놀리토도 레알 마드리드의 경기를 함께 보면서 응원해야 할까요? 내가 마놀리토라면 다음 레알 마드리드 경기가 열리는 날 어떻게 행동할지, 이유를 들어 적어 봅시다.

작품 해설

돌이킬 수 없는 실수,
그러나 그것이 과연 실수일까요?

도서관에서 외국 소설 서가를 살펴보면 다수가 영미 문화권과 일본의 소설입니다. 이 지역뿐 아니라 아시아, 유럽, 아프리카 등 세계 여러 지역의 소설을 우리 청소년들이 접하고 읽을 수 있으면 좋겠다는 생각으로 스페인의 소설을 소개합니다.

마놀리토는 축구를 좋아하지 않지만, 동네 사람들에게 손가락질당할 것이 두려워서 누구보다도 열렬히 축구를 좋아하는 척합니다. 그러나 레알 마드리드 선수인 줄 착각하고 라이벌인 바르셀로나 팀 선수의 이름을 연호하는 바람에 사람들의 눈총을 받게 됩니다. 스페인에서 레알 마드리드와 에프시(FC) 바르셀로나는 오랜 라이벌로, 두 팀이 경기를 하는 날이면 두 지역 축구팬들 사이의 신경전이 대단하답니다. 그러니 마놀리토의 실수가 얼마나 큰 것인지 짐작이 가나요?

마놀리토의 실수에 아버지는 레알 마드리드 선수 명단을 주겠다고 하고, 할아버지는 앞으로는 구석에 가서 같이 한숨 늘어지게 자면 아무도 쳐다보지 않을 거라고 위로합니다. 그런데 왜 누구도 "축구를 좋아하지 않아도 괜찮아."라고 말하지 않을까요? 다들 마놀리토가 레알 마드리드의 팬인 척해야 한다고 생각하는 것으로 보입니다. 물론 이것은 스페인의 문화를 우리가 잘 이해하지 못해서 생기는 의문일 수도 있습니다.

다수의 의견이 무엇인지 살피고 그 안에 속하고자 애쓰는 것을 '군중 심리'라고 합니다. 마놀리토가 어떻게든 레알 마드리드의 팬인 척하는 것도 일종의 군중 심리일 수 있습니다. 그러나 때로는 남들과 다른 소수의 의견과 취향이 우리 사회를 다양하고 풍성하게 만들기도 합니다. 혹시 남들과 다르다고 손가락질받는 것이 두려워서 다수의 모습에 나를 애써 맞추려고 노력하지는 않았나요? 마놀리토의 귀여운 실수에 한 번 웃었으니 이런 진지한 고민도 함께 해 보면 좋겠습니다.

엮어 읽기

김혜원, 『열일곱 살의 털』

온순한 모범생인 일호는 고등학교에 입학하기 위해 할아버지의 이발소에서 머리를 짧게 자르고 범생이라 놀림받습니다. 그러나 일호는 머리를 짧게 자르지 않은 한 학생의 머리를 선생님이 라이터로 태우는 모습을 보고 분노하여 두발 규제에 맞섭니다. 다수가 규정을 따르라고 할 때, 그것의 부당함을 당당하게 주장하는 일호의 모습을 통해 인권에 대해 생각해 볼 수 있습니다.

교과서 밖 소설

류명성 통일빵집

박경희(1960~)

박경희 작가는 경기도 양평에서 태어났습니다. 오랫동안 라디오 방송에서 작가로 일했으며, 2004년 『월간문학』에 「사루비아」를 발표하면서 작품 활동을 시작했습니다. 탈북 학교인 '하늘꿈학교'와 중고등학교 학생을 위한 문학 수업 및 강연을 하며 청소년들과 소통해 왔습니다. 『난민 소녀 리도희』, 『고래 날다』, 『분홍 벽돌집』, 『리무산의 서울 입성기』, 『감자 오그랑죽』 등을 펴냈습니다.

　여러분은 어떤 빵을 좋아하나요?
　어릴 적부터 먹었던 다양한 빵 맛은 여러 가지 기억과 추억을 불러일으킵니다. 집에서 직접 만들어 준 빵이나 친구들과 함께 나누어 먹었던 빵, 하굣길에 주린 배를 채워 주던 빵 등 사람들에겐 빵에 관한 다양한 추억들이 있을 것 같습니다.
　이 소설에는 '통일빵'이라는 조금 특이한 빵이 등장하는데요, 이 빵은 어떤 추억과 의미를 담고 있을까요? 이 낯선 이름의 빵을 만든 주인공은 탈북하여 남한에서 살아가고 있는 소년입니다. 빵집에서 일을 하며 여동생과 닮은 세라를 만나게 되는데, 세라는 화려한 남한처럼 외모를 열심히 꾸미는 고등학생 소녀입니다. 탈북한 주인공과 세라는 과연 어떤 이야기를 만들어 갈까요?

 꼭 다시 먹고 싶은, 나만의 추억의 빵은 무엇인가요?

류명성 통일빵집

● 박경희 ●

점심시간이 지나자 손님들의 발길이 뜸하다. 제빵 기사님이 갑자기 그만두어 오전 내내 바빴다. 혼자 빵을 만드는 게 힘들긴 했지만 마음은 홀가분하다. 밖에 나간 사장님은 아직 돌아오지 않고 있다. 나는 기지개를 켜며 창밖을 내다보았다. 물오른 목련 봉오리가 탐스러웠다.

배에서 꼬르륵 소리가 요란했다. 무얼 먹을까? 밥을 시키기 위해 세라를 찾았다. 세라는 손거울을 들여다보며 화장을 고치고 있었다. 나는 학생인 세라가 화장을 하는 게 영 낯설다. 아무리 가출을 했다 해도 학생 신분이 아닌가.

"오빠, 캡틴 해 보니 어때? 제법 대빵 같은데!"

세라가 엄지손가락을 치켜들며 말했다. 캡틴이 뭔지는 모르지만 세라의 말이 싫지 않았다.

"점심 뭐 먹음?"

나는 물으면서도 은근히 걱정이 되었다. 세라는 식성이 별나기 때문이다. 세라는 다리를 꼬고 앉아 심드렁하게 음식점 메뉴판을 뒤적였다. 메뉴를 꼼꼼히 보는 걸로 봐서 금방 정할 것 같지가 않다.

"그냥 아무거나 시킬 거임."

나는 배가 고파 죽겠는데 까탈을 부리는 세라가 못마땅했다.
"짱 나게 왜 아무거나 시켜? 칼로리 계산해 봐야지."
세라가 톡 쏘아붙인다. 다이어트 병이 또 도지려나 보다.
'내 동생은 강냉이죽도 못 먹는데 넌 먹을 게 많아 탈이구나. 그런데 장 사장님은 왜 연락이 없는 걸까?'
옥련 생각이 나자 마음이 불안해졌다.
"색쌈 어떻슴?"
나는 옥련이 좋아했던 음식을 말하며 세라가 보던 메뉴판을 빼앗았다.
"색쌈이 뭔데?"
"참, 여기선 계란말이라고하지? 계란말이 싫음?"
"싫어! 계란말이도 100칼로리가 넘어."
세라가 내 손에 들린 메뉴판을 다시 뺏어 갔다.
"그놈의 칼로리 타령!"
세라가 처음 빵집에 온 날 나는 깜짝 놀랐다. 북에 두고 온 옥련을 빼닮았기 때문이다. 하얀 피부에 옅은 쌍꺼풀은 물론 보조개까지 완전 복사판이었다. 그래서인지 난 세라가 까들랑거려도● 예뻤다. 무엇보다 세라는 옥련과 달리 통통하고 키가 커서 좋았다. 세라는 통통하다는 말을 끔찍이 싫어하지만.
자기 식구들 끼니도 어렵다고 옥련을 탐탁지 않아 했던 삼촌의 얼굴과 함께 꽃제비● 생활을 했던 고단한 기억이 떠올랐다.

● **까들랑거려도** 자꾸 멋없이 매우 가볍게 행동하여도.
● **꽃제비** 일정한 거주지 없이 먹을 것을 찾아 떠돌아다니는 북한의 어린아이들을 이르는 말.

"정신 차리라우. 종점이라 말이다."

돼지풀죽마저도 먹을 수 없게 되자 나는 옥련을 데리고 무산행 열차를 탔었다. 아버지가 탄광에서 일하다 돌아가시기 전에 가 본 곳이었다.

"오빠, 배고파……."

아무리 장마당을 돌아다녀도 먹을 걸 주는 사람은 없었다. 끈기 없는 강냉이국수라도 먹을 수 있었다면 동냥질은 하지 않았을 것이다. 옥련은 병든 닭처럼 아무 데서나 푹 고꾸라지곤 했다. 몸도 약한 데다 허기진 배를 물로만 채웠기 때문이다. 우리는 음식 찌꺼기라도 먹어야 살 수 있었다.

나는 무작정 옥련의 손을 잡고 장마당 뒷골목으로 들어갔다. 뒷골목에 찬바람이 일었다. 쓰레기통을 뒤져도 음식 찌꺼기 하나 눈에 띄지 않았다. 한참 후, 허름한 단고기(개고기) 집에서 아주머니가 나왔다. 찌그러진 그릇에 담긴 무언가를 버리고 들어갔다. 나는 주위를 살피다 날쌔게 쓰레기통을 뒤졌다. 강냉이 밥알과 뼈다귀가 나왔다. 시큼한 냄새가 나는 것 같지만 일없었다●. 그마저도 며칠 만에 맛보는 것이었다.

'그때는 쓰레기를 뒤져서라도 배를 채웠는데. 지금은 어떨까?'

내가 옥련이 생각을 하는 동안에도 세라는 메뉴를 정하지 못했다.

저녁 빵도 구워야 하고 배도 고픈데 늑장을 부리는 세라가 못마땅했다.

"내 맘대로 시키갔어!"

●**일없었다** 괜찮았다.

나는 익숙한 음식점 번호를 눌렀다.

"여기 목련빵집임다. 김치볶음밥하고 치즈김밥 하나 갖다 주시라요."

나는 세라 몫으로 치즈김밥을 시킨 뒤, 도끼눈을 뜨는 세라를 피해 창밖을 내다보았다.

"왜 오빠 맘대로야? 치즈 한 장 반에 김밥 한 줄 합치면 580칼로리야."

세라의 머릿속엔 계산기가 들어 있는 것 같다. 부스러기 초콜릿 케이크를 주면 100칼로리, 자장면을 보고도 537칼로리, 콘샐러드는 134칼로리, 밀크셰이크 한 컵은 340칼로리……. 음식마다 칼로리 숫자가 따라붙었다.

세라는 먹는 것만 까탈스러운 게 아니라 성격도 좀 별스럽다•. 손님에게 한없이 친절하다가도 갑자기 신경질을 부리는가 하면 제 풀에 죽어 한마디도 않고 퇴근을 할 때도 있다. 얼굴은 옥련과 닮았지만 성격은 영 딴판이라 장단 맞추기가 힘들었다.

주문한 음식이 금방 배달되었다. 두툼한 김밥이 먹음직스러웠다. 참기름도 듬뿍 발라 윤기가 자르르 흘렀다. 고소한 김치볶음밥 냄새가 식욕을 북돋웠다. 세라와 나는 말없이 밥을 먹었다. 김밥 대신 김치볶음밥을 먹겠다던 세라는 께적거리다 젓가락을 놓았다.

"커피 한 잔 70칼로리, 초콜릿케이크 부스러기 100칼로리, 거기다 김치볶음밥 480칼로리. 오늘 기준치 오버다. 오빠 내 것도 다 먹어!"

• **별스럽다** 보기에 보통과는 다른 데가 있다. 보기에 여러 가지로 특색 있는 데가 있다.

북에서는 특식인 볶음밥을 거부하다니. 세라가 밀어 놓은 김치볶음밥을 먹으려는데 손전화기가 드르르 울렸다.

"내래 장이야. 긴급 상황이라우. 여기 두만강 마지막 초소인데 국경 수비대에 걸렸어야. 감옥 가는 대신 벌금 세 장 더 내라는데 당장 돈 넣을 수 있갔어? 동생 바꽈 줄 테니끼니 날래 통화하라우."

장 사장님의 전화였다.

옥련을 만났구나! 가슴이 두근거렸다.

"명성 오빠 맞슴둥? 오빠, 나 죽을 것 같슴······. 날래 손써 달라우!"

이 년 만에 듣는 목소리였다. 옥련은 공포에 떠느라 제대로 말을 잇지 못했다. 다시 장 사장님의 목소리가 들렸다.

"두만강 국경선이 바로 코앞이니끼니 돈만 주면 문제없을 것 같구만. 그러니끼니 날래 힘쓰라우. 기다리갔어."

"장 사장님! 장 사장님! 우리 옥련은 무사함까?"

난 옥련과 다시 통화하고 싶어 외쳤다. 하지만 전화는 툭 끊겼다. 조선족인 장 사장님은 북한을 오가며 생필품을 파는 장사꾼이다. 하지만 장사보다는 브로커 일을 더 많이 했다. 장 사장님은 자기 신분을 절대 노출하지 않았다. 북송되는 탈북자들이 밀고할 수 있기 때문이라고 했다.

'당장 삼백만 원이라는 큰돈을 어디서 구해야 하나?'

돌덩이가 들어앉은 것처럼 마음이 무거웠다.

"무슨 전화야?"

"어? 아무것도 아님."

"표정 보면 아무것도 아닌 게 아닌 것 같은데? 나쁜 일이야?"
세라가 걱정스레 물었다.
"북한에 동생이 있어야. 데려오려 손을 썼는데, 문제가 생긴 것 같슴……."
어린 세라에게 길게 설명할 수가 없어 간략히 말했다.
"북한에 사는 사람을 데려올 수도 있어?"
"중간에 브로커가 있슴. 위험하긴 하지만 브로커에게 돈을 주면 가능함."
세라는 호기심 어린 얼굴로 나를 쳐다보았다. 외출하셨던 사장님이 때마침 들어오지 않았더라면 세라에게 잡혀 꼼짝없이 다 말할 뻔했다. 세라와 나는 사장님이 들어오자 자리에서 일어나 각자 일할 준비를 했다.
'초소……. 국경 수비대……. 삼백만 원……. 감옥……. 죽음…….'
밀가루 반죽을 하면서도 일이 손에 잡히지 않았다.
머릿속에서는 장 사장님의 말이 끊임없이 맴돌았다. 옥련의 비명마저 들리는 것 같았다.
'어디서 돈을 구해야 하나?'
나도 모르게 한숨이 나왔다.
제빵기에 숙성된 반죽을 넣고 딴생각을 하느라 일을 저지르고 말았다. 탄내가 나서 오븐을 열었더니, 빵이 모두 시커멓게 타 버렸다. 밖에 있는 사장님을 살폈다. 아니나 다를까 냄새를 맡고 들어온 사장님이 언성을 높였다.
"죄송함다, 주의하겠슴다."
"정신을 어디다 팔고 있는 거야? 제빵 기사가 왜 널 자꾸 구박하나 했는데 이런 이유가 있었구나. 정식 제빵사 쓰는 돈이 아까워 그냥 널 쓰려 했더니 안 되겠네."

사장님은 새로운 사실을 발견한 듯 표정이 심각했다. 며칠 전에 그만둔 기사님은 말끝마다 탈북자를 들먹이며 나를 못마땅해했다.

이 빵집에서 일하게 된 날, 나는 두만강을 건넌 순간만큼이나 기뻤다. 무엇보다 빵집 화단의 목련 나무가 마음에 들었다. 목련을 보는 순간 옥련의 얼굴이 떠올랐다. 나는 목련 나무를 보는 것만으로도 족했다. 하지만 기사님이 날 콩 볶듯 볶아 댈 때마다 마음이 흔들렸다.

월급을 올려 주지 않는다는 이유로 기사님이 일을 그만두자, 사장님은 내게 당분간 제빵실을 맡으라고 했다. 그런데 이런 실수를 하다니. 잘릴까 싶어 겁이 났다.

"류 군, 제빵 자격증 믿을 만한 거야? 기사가 자격증도 브로커한테 샀을 거라고 투덜대던데?"

사장님이 미심쩍은 듯 물었다. 얼마나 힘들게 딴 자격증인데…….

이 년 전 국경선을 넘어 몽골의 울란바토르 공항에서 비행기를 타기 전까지 한인 빵집에서 일을 했다. 국경선은 넘었어도 불안정한 생활은 여전했다. 남북한의 교류가 원활하지 않고 탈북자가 많아 남한에서도 골치를 앓고 있는 중이라고 했다. 남한행 비행기를 못 타는 건 아닌지 막막하고 불안한 나날이었다.

낯선 곳에서 내게 위로를 준 건 빵 굽는 냄새였다. 매일 빵집을 서성이다 빵집에서 일을 배우게 되었고, 북한에서부터 탈출을 도와주던 장 사장님이 몽골에 있는 선교사를 연결해 주어 극적으로 남한행 비행기를 타게 되었다.

대한민국에 들어와 하나원*에서 퇴소하자마자 제빵 자격증 학원에 등록했다. 공부가 쉽지는 않았다. 모든 말이 영어라 더욱 힘들었다. 스푼, 버터, 이스트, 파라소닉 기계, 오븐, 레시피라는 말들은 너무나 생소했다. 하지만 밤잠 줄이며 공부하고 하루에 실습조를 두 타임이나 뛰었다. 그렇게 어렵게 딴 자격증을 믿어 주지 않다니.

"사장님, 각별히 조심하겠슴다."

사장님은 한바탕 잔소리를 한 후 제빵실을 나갔다. 등에서 식은 땀이 흘렀다.

나는 빵 만들기에 집중했다. 옥련을 데려오려면 일자리를 잃어서는 안 된다. 반죽하는 손에 힘을 가했다.

'나는 옥련이 깜짝 놀랄 만큼 최고의 제빵사가 될 것이다.'

나는 스스로 최면을 걸었다. 북에서 자아비판을 할 때처럼 이를 앙다물었다. 반복해서 이 말을 곱씹다 보니 어렴풋하게나마 희망이 생기는 것 같았다.

다행히 저녁 손님이 많았다. 단골손님도 늘었지만 요즘 들어서 젊은 사람들이 간간이 빵을 사러 왔다. 예쁘고 상냥한 세라 때문인지, 아니면 세라 말처럼 빵맛이 더 좋아졌기 때문인지는 모르지만 기분은 좋았다. 빵이 거의 다 떨어져 가는 것을 본 사장님의 얼굴에도 미소가 흘렀다. 나는 이때다 싶어 사장님께 다가갔다.

"저 사장님……."

"됐어. 백번 사과하는 것보다 앞으로가 더 중요하니까 조심해! 나

---

* 하나원 북한 이탈 주민들의 초기 적응 교육을 실시하고, 사회 진출 후 안정적인 국내 정착을 위해 지원을 하는 통일부 산하 기관. 정식 명칭은 '북한 이탈 주민 정착 지원 사무소'이다.

먼저 갈 테니 뒷정리 잘하고 들어가."

사장님은 말할 틈도 없이 가 버렸다. 가불 얘기는 꺼내 보지도 못하고 퇴근 준비를 했다. 검정고시 학원에 가야 하지만 왠지 오늘은 쉬고 싶었다.

"오빠, 공부 지겹지도 않아? 직업도 있는데 뭐하러 공부를 해?"
세라가 물었다.

"먹고살 걱정 없이 맘 편히 공부만 해 보는 게 내 소원 아님! 공부만 해도 되는 너는 왜 학교에 안 가고 이 좁은 바닥에서 매일 종종거려?"

"됐거든! 난 공부 안 해도 한 방에 대박 날릴 거니까. 내 걱정은 붙들어 매슈."

세라가 혀를 날름거리며 말했다.

대박이라, 부잣집 아이 같은 세라는 고생을 안 해서 그런지 뭐든 쉽게 말한다. 세라가 입는 옷은 예사롭지가 않다. 가방도 꽤 비싸 보였다. 명품이라 부르는 물건들 같았다.

나는 갑자기 세라에게 돈을 빌려 볼까 싶었다. 세라 정도면 삼백만 원은 아니어도 백만 원 정도는 갖고 있을 것 같았다.

"세라야, 저……. 부탁이 있는데……."

나는 돈 얘기를 꺼내려다 입을 다 물었다. 퍼뜩 세라에 대해 아는 게 없다는 생각이 들었다. 돈 때문에 동생 같은 세라와 어색한 사이가 될 수는 없었다.

"부탁? 뭔데?"

"음, 그게……."

나는 돈 이야기는 차마 못하고 동생 이야기를 털어놓았다.

옥련과 무산의 장마당을 뒤지고 다닌 지 일주일쯤 된 날이었다. 아침부터 맛있는 냄새가 코를 자극했다. 냄새를 따라 무작정 뛰어갔다. 허름한 방앗간에서 떡을 찌고 있었다. 엄마가 해 주던 퐁퐁떡● 냄새였다. 나는 동생의 손을 잡고 코를 벌름거리며 냄새를 맡았다. 나도 모르게 입안에 군침이 돌았다.

"퐁퐁떡 먹고 싶다······."

옥련은 떡에 홀린 듯 혼잣말을 했다. 나도 먹고 싶었다. 옥련의 손을 놓고 잽싸게 안으로 들어갔다. 방앗간은 김이 잔뜩 서려서 눈앞이 잘 보이지 않았다. 방앗간 주인은 시루에서 떡을 떼어 내느라 정신이 없었다. 김이 모락모락 오르는 퐁퐁떡이 한눈에 들어왔다. 나도 모르게 떡시루에 손이 갔다. 갓 쪄낸 떡이라 뜨거웠다. 나는 떡을 한 움큼 쥐고 밖으로 나와 옥련이 손을 잡고 무작정 뛰었다.

"저 쥐새끼 같은 아 새끼들! 잡으라우!"

금방이라도 방앗간 주인의 억센 손이 등덜미를 잡아챌 것만 같았다.

"옥련아, 뛰라우! 잡히면 수용소행이야!"

나는 자꾸만 뒤처지는 옥련을 재촉했다.

"인차 내래 죽을 것 같슴, 오빠."

옥련은 쉑쉑 숨을 몰아쉬며 따라왔다. 한참을 달리다 보니 잠잠해졌다. 아저씨가 포기하고 돌아간 것 같았다. 나는 손에 엉겨 붙은 떡을 떼어 동생에게 주었다.

옥련은 앙상한 손으로 허겁지겁 떡을 입에 넣더니, 손바닥에 들러

● **퐁퐁떡** 북한에서 식사 대신 먹는 옥수수떡.

붙은 찌꺼기까지 쪽쪽 빨아먹었다. 콧등이 찡했다.

휘영청 달이 밝은 하늘을 쳐다보았다. 퐁퐁떡이나마 배불리 먹이려 애쓰던 엄마가 우리 남매를 슬프게 내려다보고 있는 것 같았다.

그때를 생각하니 나도 모르게 눈물이 핑 돌았다.

"오빠한테 그런 사연이 있는 줄은 몰랐네. 엄청 슬프다."

"우리 옥련이랑 네가 많이 닮았어야. 한 살밖에 차이 안 나는데 우리 옥련이는 너보다 키가 엄청 작아."

"못 먹어서 키가 안 컸구나……. 여하튼 오빠 동생이 나처럼 예쁘단 말이지? 경쟁 상대가 한 명 더 생겼군!"

세라는 나를 걱정하더니 이내 명랑하게 말했다. 이렇게 천진스런 세라에게 돈 이야기를 하려고 했다니 왠지 미안했다.

밤새 돈 걱정하느라 잠을 설쳤지만 뾰족한 수가 없었다. 사장님에게 가불을 부탁하기로 단단히 마음먹었다.

빵을 만들면서도 사장님의 기분만 살폈다. 주문한 빵을 일부러 진열대까지 가져다주면서 사장님 주위를 맴돌았다.

'옥련이 북송되면 고문을 받다 죽을지도 모르고, 풀려난다 해도 꽃제비 생활을 하다 변을 당할 텐데. 무슨 수를 써서라도 데려와야만 해.'

나는 더는 망설일 수가 없었다. 밀가루 반죽을 하다 말고 카운터에 앉아 있는 사장님 앞으로 걸어갔다.

"저, 사장님. 가불 좀 해 주실 수 있슴까? 절박함다!"

나는 떨리는 마음을 감추려고 일부러 큰 목소리로 말했다. 사장님이 놀란 표정으로 날 바라보았다.

"제빵실을 맡더니 머리 꼭대기까지 올라앉으려 하네. 탈북자들은 주면 줄수록 양양이라더니."

"그게 아니고……. 동생 땜에……. 돈이 급해서 그럻습다. 동생이 지금 위급한 상태임다."

"북한에 있는 동생을 어떻게 데려온다는 거야?"

"선금은 지급했는데 당장 삼백만 원이 더 필요함다. 국경 수비대에게 뇌물을 주면 동생을 데려올 수 있습다. 제발 도와주십쇼. 몇 달치 월급을 미리 당겨 주시면 성심껏 일해서 갚겠습다."

진심을 다해 매달렸지만 사장님은 싸늘하기만 했다.

"류 군, 뭔가 착각하는가 본데, 기술 좋은 우리나라 사람 두고 자네를 제빵사로 쓴 건 나도 먹고살기 위해서야. 탈북자를 직원으로 채용하면 정부에서 지원금을 준다고 해서 그런 거라고. 내가 자선 사업가인 줄 아나? 우리 애들 대학 등록금에 학원비까지. 나도 힘들어. 그런데 갑자기 삼백이라니. 가서 얼른 빵이나 구워."

사장님은 밖으로 나가 담배를 물었다. 나는 눈앞이 캄캄했다. 이러다 되레 일자리까지 잃을까 두려웠다.

옥련 생각에 빠져 있다 보니 금세 퇴근 시간이 다가왔다. 세라도 내가 심상치 않음을 느꼈는지 눈치만 보고 조잘거리지 않았다. 모르는 긴 번호가 뜨며 전화기가 울렸다. 장 사장님일 것이다.

"명성임? 어찌 돈은 준비돼 가고 있습메? 날래 돈 보내야갔어야. 그렇지 않음 모두 어그러질 것임등!"

"장 사장님, 내일까지 무슨 일이 있어도 해 보겠습다."

말은 했지만 대책이 없어 답답했다.

'어디로 가야 돈을 꿀 수 있을까? 선교사님께 말씀을 드려 볼까? 오

늘 같은 날 마음을 터놓을 딱친구(단짝 친구)가 있으면 좋을 텐데.'
정말 그랬다. 남한에 내려와 마음을 터놓을 사람이 한 사람도 없다는 게 너무도 쓸쓸했다.
"오빠, 괜찮아? 오늘따라 엄청 고독해 보인다."
세라는 내 속도 모르고 장난처럼 말했다.
나는 어그러진 빵 봉지를 두 개 챙겨 하나를 세라에게 건넸다. 세라가 손사래를 쳤다.
"그 빵 혼자 다 먹을 거야? 빵 한 개에 300칼로리나 되는데. 그 빵 다 먹으면 오빤 헤비급 씨름 선수가 될 거야."
내 손에 든 빵 봉지를 보며 세라가 또 놀렸다. 나는 마음은 무겁지만 세라에게는 티를 내고 싶지 않았다.
"너 안 먹을 거면 가족들이라도 갖다 주라우. 부모님도 드리고. 혹시 동생은 없슴?"
"나, 그런 것 안 키우거든요!"
세라의 말이 무슨 뜻인지 몰라 멍하니 쳐다보았다.
"가족이 없다는 말임?"
"너무 많은 걸 알려고 하지 마세용. 다쳐."
세라는 밝게 웃으며 어리광을 부렸다.
"오늘 저녁 같이 먹을 수 있음?"
나는 이대로 아무도 없는 방에 들어가고 싶지 않아 세라를 잡았다. 좀 더 솔직히 말하자면 세라에게라도 손을 내밀고 싶었다. 어쩌면 세라가 수호천사가 될지도 모른다는 막연한 기대감 때문이랄까?
"좋아, 오빠, 심심한가 본데, 기꺼이 접수하겠슴다."
세라가 내 말투를 흉내 냈다. 세라가 옥련과 다른 점은 웃는 거였다. 옥련은 잘 웃지 않았다. 아니, 웃을 일이 없었다. 그래서인지 세라가 하얀 이를 드러내 놓고 웃을 때마다 내 마음도 환해졌다.

'저렇게 천진스럽게 웃는 아이는 분명 부잣집 딸일 거야. 근데 왜 학교는 안 다니는 걸까?'

"오빠, 가끔 날 투명 인간처럼 대하더라. 무슨 생각을 그렇게 해?"

"응. 별일 아님둥! 무세 먹고 싶은지 말해 보라우!"

변두리 빵집 근처를 벗어나자, 오랜만에 해방감이 느껴졌다.

"오빠, 내가 먹고 싶은 거 다 사 줄 거야?"

세라가 철부지처럼 물었다. 뜨끔했다. 가난한 주머니 사정이 날 옥죄어 왔다. 내가 망설이고 있는 사이, 세라가 통통 튀듯 말했다.

"오빠, 칼질하는 데 가 봤어? 레스토랑 말이야."

"아니. 못 가 봤어야."

"오빠도 패밀리 레스토랑 한번쯤 가 봐야지. 오늘은 눈 딱 감고 한 번 쏴라. 오빠! 북한에도 레스토랑이 있어?"

세라는 제멋대로 날 잡아끌었다.

'나는 단 한 푼도 섣불리 써서는 안 되는데……. 그래도 세라를 위해서는 괜찮지 않을까?'

두 마음이 파도타기를 했다.

"여기가 레스토랑이야."

세라가 아웃백이라는 음식점으로 들어서며 말했다. 세라는 불빛이 은은한 창가에 앉았다. 세라는 고급 음식점에 자주 다녔는지 메뉴판을 보지도 않은 채 주문을 했다. 난 멍하니 세라만 바라보았다. 곧이어 샐러드, 수프, 음료 등 푸짐한 음식이 줄지어 나왔다. 북에서는 한 번도 본 적이 없는 음식이라 긴장이 되었다.

"진짜 맛있다. 동네에서 파는 싸구려 스테이크랑은 차원이 달라."

음식에 탐을 내는 세라의 모습이 낯설었다.

"너는 이런 거 자주 먹지 않았슴?"

"응? 응. 자주 오는 편 맞지."

세라가 어색하게 얼버무렸다.

"너, 오늘은 다이어트 안 함둥? 왕창 기름기구만"

"오늘 같은 날 다이어트는 딱 접는 거야. 오늘은 먹고 다이어트는 내일부터! 내가 만든 다이어트 법이거든."

세라는 내가 밍밍해서 밀어 놓은 양송이수프까지 깨끗이 비우고, 빵을 몇 번 더 주문해서 버터를 발라 먹었다. 난 문득 세라가 배고픈 옥련이 아닌가 싶었다. 옥련 생각이 들자 입맛이 싹 달아났다.

"다 먹었으면 그만 나가자우!"

비상금을 탈탈 털어 음식값을 내며 말했다. 세라가 아쉬운 듯 뭉그적거리며 일어났다.

사장님에게 가불을 퇴짜 맞은 주제에 엄청난 음식값을 지불하다니. 허망하고 옥련에게 미안했다. 지금 옥련은 이탄(진흙으로 만든 빵)으로 허기를 채우고 있을지도 모르는데…….

일주일째 장 사장님에게 연락이 오고 있지 않았다. 애가 탔다. 나는 할 수 없이 탈북자들을 돕는 선교사님을 찾아가 도움을 요청했다.

"너무 염려 말고 기다려 봐. 국경선 쪽에 장 사장 아는 사람한테 연락해서 잘되도록 힘써 볼게."

선교사님은 마지막 희망이었다. 그런데 며칠째 소식이 없다. 가슴이 타들어 갔지만 빵 굽는 일만은 열심히 했다. 앞으로 옥련과 함께 살아야 하는데 일자리마저 잃으면 낭패니까.
 일하는 틈틈이 창밖의 목련을 바라보는 것만이 유일한 쉼이었다. 어느새 목련이 만발해 세라의 얼굴처럼 화사했다. 사람들의 옷차림도 봄 햇살처럼 밝았다. 내 마음만 겨울처럼 스산했다.
 '사채라도 빌렸어야 했나……. 옥련아, 미안해. 제발 무사해라.'
 시도 때도 없이 자책감이 들었다. 가게가 한산해지자 실낱같은 소식이라도 건지고 싶어 산문을 샅샅이 훑었다.

북한 화폐 개혁 이후 탈북자 색출 정책 급강화

 가슴이 철렁했다.
 '옥련아, 제발 살아 있어야 해!'
 신문을 읽는 내내 입술이 바작바작 타들어 갔다. 장 사장님에게 전화가 오면 사정을 말하고 도움을 요청하는 길밖에 없을 것 같다. 인정 많은 장 사장님은 분명 나의 사정을 잘 봐줄 것이다.
 "꼭 데리러 올 테니끼니 삼촌 집에서 꼼짝 말고 있어! 알았슴?"
 이 년 전, 난 동생의 손을 잡고 다짐했었다.
 "고롬, 기래야디. 내래 너도 반드시 남한에 데려다 줄 테니끼니 걱정 말라우."
 장 사장님이 곁에서 힘을 실어 주었다. 실제로 장 사장님은 브로커비를 탕감해 주고 나를 도와준 사람이다. 그런데 얼마나 급하면 나한테 삼백만 원을 보내라고 했을까.
 "내래 오빠랑 같이 가고 싶슴둥."
 동생은 울며 매달렸다.

"둘 다 죽을 순 없다. 오빠가 먼저 가서 자리 잡을끼니 장 사장님만 믿고 기다리라우."

눈물을 뚝뚝 흘리던 옥련의 모습이 눈앞에 아른거렸다. 사채 써서 망한 사람들을 여럿 봐서 사채만은 안 쓰려 마음먹었는데 신문 기사를 보니 후회가 됐다.

"신문에 돈다발이라도 들어 있니? 그렇게 열심히 신문 보듯 빵을 구우면 몽땅 태워 먹을 일도 없지."

사장님은 가불 이야기를 한 뒤부터 나를 못마땅해했다. 사장님한테 잔소리를 듣고 제빵실로 가는데 세라가 쪼르르 따라와 샐샐 웃었다.

"오빠가 대빵 되고부터 빵이 더 맛있어졌어. 축하! 축하!"

세라가 날 치켜세웠다.

"진짜임? 더 맛있는 빵 만들 거임. 앞으로도 좋은 평가 많이 해 줘!"

"싫어. 빵은 칼로리 덩어리인데 나더러 뚱녀 되라고? 이 몸은 앞으로 대한민국을 뒤흔들 대박 모델이라고."

세라는 허리에 양손을 얹고 엉덩이를 실룩이며 말했다. 남한은 모델을 하면 대박이 나는가 보다. 입만 열었다 하면 모델, 대박이라는 말을 하는 세라를 보면 말이다. 그런데 세라는 먹는 얘기만 하면 펄쩍 뛰면서도 하루 종일 빵 부스러기나 생크림을 찍어 먹고 후회했다.

"큰일 났다. 빵 부스러기는 칼로리 덩어리고, 생크림은 설탕 덩어린데. 난 망했어. 오늘도 1킬로그램은 쪘겠다."

세라는 울상이지만 나는 그런 세라가 귀엽기만 했다.

'옥련도 남한에 살면 저렇게 예뻐지겠지?'

점심시간이 되면 빵과 우유를 찾는 사람들로 북적댔다. 나는 땀을 뻘뻘 흘리며 빵을 구웠다. 다행히 기사님이 없어도 막막하진 않았다.

세라는 주문도 받고 테이블도 치우느라 바빴지만 늘 명랑했다. 그러면서도 간간이 패션 잡지를 들여다보고 입술연지(립스틱)도 발랐다. 세라는 밥 먹는 것보다 화장하는 걸 더 중요하게 생각했다. 저녁이면 워킹 연습을 하기도 한다니 모델이 되고 싶긴 한가 보다. 모델이 그렇게 멋진 직업인가? 때로는 궁금해질 만큼 열심이다.

저녁 손님이 뜸해져 퇴근 준비를 했다. 사장님은 뒤처리를 맡긴 채 나갔다. 나는 내일 필요한 재료를 체크하며 주문서를 작성했고, 세라는 또다시 화장 가방을 꺼내 놓고 한껏 멋을 내고 있었다.

그때였다.

"야! 이 싸가지 없는 기지배야!"

뚱뚱한 아줌마가 폭풍우를 몰고 올 듯 문을 박차고 들어섰다. 나는 번득이는 아줌마의 눈을 보는 순간 움찔해서 밀가루를 쏟을 뻔했다. 하지만 세라는 아줌마를 못 본 척 거울에서 눈을 떼지 않았다. 아줌마가 느닷없이 세라의 머리채를 잡아챘다.

"지금 뭐하는 짓이야? 에미는 피가 마르도록 찾아다니는데 천하 태평 화장질이냐? 이 웬수 같은 년아."

아줌마는 세라의 등과 머리를 닥치는 대로 때렸다. 세라는 고개를 빳빳이 들고 아줌마에게 대들었다.

"왜 때려! 엄마가 나한테 뭘 해 줬는데?"

"뭐라고? 통장 가지고 튈 때부터 글러 먹은 건 알았지만, 지 에미한테 하는 말 좀 봐. 그래 학교 때려치우고 한다는 게 고작 빵집

종업원이냐. 명품 사 달라고 징징대서 할 수 없이 사 줬더니 빵가루나 묻히고. 잘한다!"

"엄마 넋두리 듣는 것도 싫고 공부도 싫어. 아빠가 바람 펴서 집 나간 탓을 왜 나한테 하는데? 난 내 힘으로 성공할 거야. 엄마 돈 가져간 것도 이자 쳐서 갚을 거고."

"성공? 성공이 너 같은 기지배한테 여기 있소 하고 온다디? 이 철딱서니야. 저걸 믿고 산 내가 바보지. 사내 복 없는 년 자식 복도 없다더니. 이 그지 같은 팔자야. 허이구!"

아줌마가 대성통곡을 했다. 세라는 눈 하나 깜짝 안 했다. 내가 봐온 세라와는 딴판이었다.

나는 아줌마에게 물 한 잔을 건넸다. 그러곤 제빵실에서 일을 마무리하면서도 밖을 흘끔거렸다. 아줌마의 꺼칠한 얼굴엔 검은꽃이 무성했다. 부스스한 머리, 헐렁한 추리닝에 검붉은 스웨터를 걸친 폼새가 전혀 부티 나는 차림은 아니었다. 나는 속으로 좀 놀랐다. 세라는 나와 다른 세계에 살고 있는 줄 알았는데…….

머리가 헝클어진 세라와 눈이 마주쳤다. 세라가 민망한 듯 눈길을 돌렸다. 나도 어찌해야 할지 몰라 고개를 돌려 버렸다.

아줌마는 질질 끌다시피 세라를 데리고 밖으로 나갔다. 세라는 도살장에 끌려가는 소처럼 아줌마의 손에 끌려 나갔다. 난 창가에 기댄 채 세라의 모습을 하염없이 바라보았다. 목련 나무에서 하얀 꽃잎이 떨어졌다.

그 후로 세라는 빵집에 나오지 않았다. 세라가 사라진 것처럼 옥련도 사라질까 봐 불안했다. 마음이 복잡해 밖을 내다보았다. 봄날은 가고 있었다. 탐스럽던 하얀 목련이 어느새 추레한 색깔로 변했다. 조용한 정적을 깨고 손전화기가 울렸다.

"연길에 있는 선교사를 통해 장 사장이랑 연락했다. 길게는 통화 못했고, 돈은 나중에 받기로 하고 일을 추진하겠다고 했으니까 기다려 보자고."

선교사님의 전화였다. 기뻐서 소리라도 지르고 싶었지만 참았다. 역시 하늘은 내 희망을 저버리지 않았다. 무엇보다 후불로 해 주기로 하고 옥련을 데려오기로 한 장 사장님이 고마웠다.

문득 세라가 보고 싶었다. 세라는 엄마에게 끌려간 뒤로 전화를 받지 않았다.

'세라는 지금 학교에 다니고 있을까?'

나는 검정고시 학원도 못 나가고 있다. 한 푼이라도 모으기 위해 학원을 그만뒀다. 대신 졸릴 때마다 옥련을 생각하며 밤늦도록 교육 방송을 듣고 있다. 퇴근 시간이 지났지만 나는 제빵실에서 빵 만드는 일에 몰입했다. 태극 문양과 활짝 핀 목련을 닮은 빵을 만들어 보기도 했다. 옥련이 내가 만든 빵을 먹을 걸 생각하면 절로 힘이 났다.

장대비 쏟아지는 소리가 나서 가게 통창으로 밖을 보았다. 거센 빗방울에 거무죽죽 변해 가는 꽃들이 우수수 떨어졌다. 마음이 울적해지려고 해서 제빵 잡지를 들고 다시 제빵실로 들어갔다. 잡지에 나온 레시피를 응용해 볼 참이었다. 밀가루 반죽을 만들 때마다 퐁퐁떡을 빚던 엄마가 생각났다. 그래서인지 손에 닿는 밀가루 반죽의 촉감이 좋았다.

쑥버무리를 혼합해 쑥 냄새 폴폴 나는, 남과 북의 특색을 살린 빵을 만들어 보았다. 엄마가 밥솥 가장자리에 옥수수 반죽을 붙이던 기억을 되살려 오븐 없이 굽는 빵에 도전했다. 처음에는 시커멓게 타고 맛이 없었지만, 밀가루와 우유를 적당히 배합하자 부드럽고도 고소한 빵이 되었다.

"오빠, 아직도 빵 굽고 있네!"

세라의 목소리다. 가게로 들어오는 세라가 목련처럼 화사하게 웃었다. 반죽 묻은 손으로 세라의 손을 잡았다. 마치 옥련이 내 앞에 나타난 것처럼 반가웠다. 나는 새로 뽑은 커피와 연습 삼아 만든 빵을 세라에게 건넸다.

"날, 반기는 사람은 오빠밖에 없다니까. 오빠 그날 많이 놀랐지?"

세라가 제법 어른스럽게 말했다. 그러고 보니 눈빛도 깊어진 게 전과는 달라 보였다. 잠시 흐르는 침묵을 깬 건 세라였다.

"오빠, 내가 왜 다이어트 병에 걸린 줄 알아? 부자가 되고 싶어서야. 우리 엄마처럼 가난뱅이는 만날 라면으로 끼니를 때우다 보니 살이 찔 수밖에 없어. 잘 사는 여자들은 운동도 맘껏 하고 지방 제거 수술도 받기 때문에 살찔 틈이 없는 거야. 돈이면 안 되는 게 없으니까."

조근조근 말하는 세라의 모습이 왠지 어른스러워 보였다.

"북한에서는 배곯아 죽는다고 아우성이고, 남한에서는 배부르다고 난리군!"

활기를 잃은 세라에게 딱히 해 줄 말이 없어 한탄 섞인 혼잣말을 했다. 세라가 한결 밝아진 목소리로 말을 이었다.

"남한은 외모가 계급인 세상이야. 난 엄마처럼 시장 바닥에 앉아 잡동사니나 팔면서 살고 싶지 않아. 그래서 집도 나왔고, 필사적으로 살도 빼고 싶었어."

"어딜 가나 다이어트 식품 간판이 있는 이유를 알았어. 난 네가 통통해서 좋아. 북에서는 너처럼 통통한 여자가 최고의 미인이라우."

"으, 그래도 싫어. 두고 봐. 나는 빛나는 모델이 될 테니까. 머잖아 나처럼 동양적으로 생긴 미인이 대세인 시대가 올 거라고!"

세라는 여전히 웃었다. 그 웃음이 전과 달리 슬퍼 보였다.

'너도 아픈 아이였구나! 근심 걱정 없는 부잣집 딸인 줄 알았더니.'

세라에게 내가 만든 빵을 먹이고 싶어서, 세라의 손을 잡고 제빵실로 들어갔다.

"북에서 먹던 퐁퐁떡 맛에 쑥 맛을 더한 빵임. 배는 부르게, 그러나 칼로리는 낮게, 남과 북 모두를 잇는다는 뜻으로……. 이름은 통일빵이야. 어떻슴?"

"통일빵? 촌스럽기는 한데 뜻이 좋으니까 뭐! 이 빵이 성공하면 오빠 이름으로 된 통일빵집 내면 되겠다. 여긴 자기 이름을 내건 빵집이 많아."

세라의 말을 듣자 눈앞에 쌍무지개가 뜨는 것 같았다.

'류명성 통일빵집?'

내 이름으로 된 빵집을 상상하는 것만으로도 행복했다.

나는 그동안 혼자 연습한 것을 되새기며 빵을 만들었다. 세라가 흐뭇한 표정으로 날 지켜보았다. 세라와 이야기를 나누는 사이 빵 굽는 냄새가 코를 자극했다. 내가 건넨 빵이 세라 입으로 들어갔다. 내 입에서도 마른침이 넘어갔다. 세라의 반응이 어떨지.

"고소하고 진짜 담백해. 속은 부드럽기까지 하고. 지금까지 먹어 본 빵 중에 최고야, 최고! 이거 다이어트 빵으로 내놓으면 대박일 것 같아. 오빠, 짱이다!"

세라는 연신 최고, 짱이라고 외쳤다. 어깨가 으쓱해졌다. 옥련도 내가 만든 빵을 먹으면 세라처럼 기뻐하겠지.

탁자 위에 올려 둔 손전화기가 요란하게 울렸다. 침착하게 전화를 받았다.

"명성임? 국경선에서 잡혀 생고생했슴메. 다행히 지금은 태국 대사관에 들어왔으니끼니 걱정 말라우. 동생도 건강하니끼니."

"감사함다. 장 사장님. 은혜 평생 잊지 않겠슴다. 브로커비도 빠른 시일 내에 갚겠슴다."

옥련의 목소리라도 듣고 싶었지만 금방 전화가 끊겼다.

꿈이 아닐까? 나는 허벅지를 꼬집어 보았다. 얼얼했다. 비로소 안도의 숨이 나왔다.

"내 동생이 온…… 다……. 드디어 탈출했다……."

난 좋아서 세라를 부둥켜안았다.

"와~ 축하! 근데 오빠 동생이 오면 난 낙동강 오리알 되는 것 아냐?"

세라가 사랑스럽게 눈을 흘겼다.

나는 가슴이 벅차 가만히 앉아 있을 수가 없었다. 창문을 활짝 열었다. 지나가는 사람들에게 큰 소리로 자랑하고 싶었다. 나뭇가지에 한두 송이 남은 하얀 목련을 바라보았다.

내 동생, 옥련도 저렇게 고운 목련처럼 이제 고생은 그만하고 희고 예쁘게 지낼 날만 올 것이다.

❶ 주인공 명성이가 살아온 이야기를 정리해 봅시다.

    부모님이 돌아가신 후 무산으로 떠나 ① _____ 생활을 함.

    → 2년 전 삼촌에게 동생을 맡기고 ② _____의 도움으로 북한 국경을 넘음.

    → 남한으로 입국해 하나원에서 3개월 지내고 나와서 ③ _____을/를 땀.

    → 빵집에 취직해 동생을 탈북시키려다, 동생이 국경에서 걸려 ④ _____ 원이 필요하게 됨.

    → 가불을 거절당하고, 빵집에서 일하는 세라에게 돈을 빌리려다 세라의 결핍을 느끼고 그만둠.

    → 세라가 가난한 집이 싫어 ⑤ _____한 사실을 알게 됨.

    → 선교사의 도움으로, 동생이 국경을 넘어 무사히 오길 기다리며 ⑥ _____을/를 만듦.

❷ 세라와 명성이의 여동생 옥련을 비교하여 공통점과 차이점을 정리한 뒤 그 의미를 생각해 봅시다.

	세라	옥련
공통점	• 하얀 피부에 옅은 ① _____, ② _____이/가 있음. • 제대로 먹지 못함.	
차이점	• 키가 크고 ③ _____ 함. • ④ _____(으)로 성공하고 싶어 먹지 못함.	• 키가 작고 ⑤ _____. • ⑥ _____해서 먹지 못함.
뜻하는 의미	외모를 중시하고, 겉보기에는 화려한 ⑦ _____ 사회의 모습	가난하고 살기 어려운 ⑧ _____의 현실

❸ 다음은 탈북 청소년들이 만든 노래입니다. 이 노래를 통해 탈북 청소년이 남한 사회에서 겪은 어려움을 찾아보고, 그 외에 어떤 어려움이 있을지 생각해 봅시다.

동무들과 신나게 축구 시합했어 연락하라 고함치며 신호 보냈어 나한테 공을 왜 안주는 건데 연락이 아니라 패스 패스 패스 교통 카드도 몰랐고 잔돈도 없었어 택시 탈까 망설이다 돈 아끼자 했지 버스 타고 5만 원 돈 통에 넣었어 기사님이 놀라서 내가 더 놀랐어	국어 시간에는 머리 몽롱해져 다른 과목도 마찬가지야 Yeah 교집합이 뭔지 미적분이 뭔지 수업 시간 자체가 외계어 시간 Yeah 누난 싫어해도 나는 수학이 좋아 공식대로 풀어보면 모든 문제 풀려 주변 돌아보면 모르는 거 천지 내 고민 풀어 줄 공식 찾고 싶어

― 플로우식, 「시작하기 좋은 날」 중에서

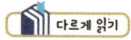 다르게 읽기

❹ 여러분이 통일빵을 만든다면 어떤 재료를 사용하여 어떤 모양으로 만들지 적어 봅시다.

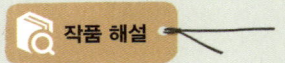 작품 해설

고운 목련 같은 아이들

명성은 부모님이 돌아가시고 동생 옥련과 무산에서 꽃제비 생활을 합니다. 명성은 살기 위해 삼촌에게 옥련을 맡기고 홀로 남한으로 탈출합니다. 여동생을 남한으로 데려오기 위해 빵집에서 일하는 명성은 자신의 동생과 닮은 세라를 볼 때마다 동생을 떠올립니다. 세라는 모델이 되어 화려한 삶을 살기 위해 다이어트를 하며 명품으로 외양을 치장하는 아이입니다. 가난하고 외모가 뛰어나지 않은 여학생이 부모의 가난을 이어받지 않기 위해 집을 뛰쳐나와 열심히 다이어트를 하는 상처투성이의 모습은 화려한 외양과는 전혀 다른 모습입니다. 명성이 바라보는 남한의 모습은 '세라'처럼 보입니다.

이 소설에서는 탈북의 과정에서 겪는 참혹한 모습이 직접 드러나지 않습니다. 그러나 북한 사람들이 꿈꾸던 남한의 자유 뒷면에 숨겨져 있는 황금만능주의, 외모 지상주의 등을 그려 냄으로써 우리 사회의 모습을 다시 한 번 돌아보게 합니다.

그러면서도 작가는 희망의 메시지를 담습니다. 동생 옥련이가 국경을 넘어 북한 탈출에 성공함으로써 이제 동생과 함께할 날이 얼마 남지 않았음을 보여 주고 있는 것입니다. 또한 남한과 북한을 잇는다는 의미로 만든 통일빵은 통일에 대한 기대를 내비칩니다.

「류명성 통일빵집」은 탈북 청소년 학교에서 글쓰기를 지도한 작가가 탈북 청소년과 소통한 경험을 바탕으로 쓴 작품입니다. 가까우면서 먼 나라인 '북한'에서 살다 온 친구들이 '남한'에서 겪는 이야기를 통해 서로의 다름을 알고, 서로를 이해하는 기회가 되길 바랍니다.

엮어 읽기

유영민, 『오즈의 의류 수거함』
외고 불합격으로 방황했던 도로시는 의류 수거함에서 옷을 훔치면서 노숙자, 탈북자 등 다양한 소외된 사람들을 만나게 됩니다. 그리고 의류 수거함에 버려진 일기장을 발견해 그 주인을 찾아 주며 자신의 상처를 치료해 갑니다. 사회적 약자가 서로 기대며 살아가는 모습에서 명성과 세라를 비교해 볼 수 있습니다.

북한
교과서
소설

행랑 자식

라도향(1902~1926)

라도향 작가는 서울에서 태어났습니다. 1921년 『배재학보』에 「출향」을, 『신민공론』에 「추억」을 발표하면서 작품 활동을 시작했습니다. 초기에는 감상적인 작품을 쓰다가, 「행랑 자식」부터는 냉정하고 객관적인 자세로 현실을 그려 낸 작품들을 주로 썼습니다. 주요 작품에는 「물레방아」, 「벙어리 삼룡이」 등이 있습니다.

   '행랑'은 지난 날, 잘 사는 사람들의 큰 기와집 대문간에 붙어 있던 집을 말합니다. 조선 시대에는 이곳에 종이나 머슴들이 살았기 때문에 '행랑아범', '행랑어멈'이라는 말도 생겨났습니다. 이 소설이 발표된 1923년은 일제 강점기로 이미 노비 제도가 없어진 뒤입니다. 하지만 살림살이가 변변치 못한 이들은 남의 집 행랑으로 들어가서 주인집의 집안일과 농사일을 해 주거나 헐값의 집세를 내며 살았답니다.

   이 소설의 제목인 '행랑 자식'은 그러니까 행랑살이를 하는 아버지나 어머니의 자식을 일컫는 말이 되겠지요. 행랑에 사는 소년은 크게 잘못한 것도 없이 하루에 두 번씩이나 매를 맞게 되는데요, 이 날 무슨 일이 일어났던 걸까요? 여러분이 소년이었다면 어떤 마음이 들었을지 상상하며 읽어 봅시다.

 의도하지 않은 실수로 인해 억울하게 혼난 경험이 있나요?

행랑 자식

• 라도향 •

어떠한 날 춥고 바람이 불던 겨울밤이였다. 박교장의 집 행랑에서 글읽는 소리가 나더니 꺼져가는 촛불처럼 차츰차츰 소리가 가늘어 간다. 그러다가는 다시 옆에서 어린애입에 젖꼭지를 물리고서 졸음 섞어 꽥 지르는 소리로

"어서 읽어!"

하는 어머니소리에 다시 글소리는 굵어진다.

나이는 열두살, 보통학교 4년급에 다니는 진태라는 아이니 그는 박교장의 집 행랑아범의 아들이다.

왱왱 외우던 글소리는 단 2분이 못되여 다시 사라졌다. 그리고는 동리집 시계의 열한시를 치는 소리가 들리더니 사면은 고요해졌다.

이튿날 날이 밝은 뒤에 보니까 온 마당, 지붕, 나무가지에 눈이 함박같이 쏟아졌다. 그런데 아직까지도 눈이 다 끝나지 않고 보슬보슬 싸락눈이 내려온다.

진태는 문뒤에 세워놓았던 모지랑비*를 들고 나왔다. 처음에는

• **모지랑비** 끝이 다 닳아서 무디어진 비.

새로 빨아 펼쳐놓은 하얀 요우에 딩구는것처럼 몸 가볍고 상쾌한 기분으로 비자루를 들었으며 모지랑비와 약한 자기 팔로써 능히 그 많은 눈을 쳐버릴줄 알았으나 두어삼태기를 가까스로 퍼버리고나니까 팔이 떨어지는것 같고 허리가 부러지는듯 하였다. 그러나 아니 칠수는 없었다. 날마다 아침에 일어나서 마당을 쓰는것이 자기의 직분•이다.

어머니는 안으로 밥을 지으러 들어가고 아버지는 병원으로 인력거를 끌러 나갔다.

진태는 한두삼태기를 개천에 부은 후에 다시 세번째 삼태기를 들고서 낑낑하면서 개천으로 간다. 두손끝은 눈에 녹아서 얼어빠지는듯 하고 발끝은 저려서 토막을 내는듯 하다.

그는 발을 억지로 옮겨놓았다. 눈든 삼태기가 자기를 끌고가는듯 하다. 그렇게 그가 길중간까지 갔을 때 그의 팔의 힘은 차차 없어지고 다리에 맥이 획 풀리였다. 그래서 그는 손에 들었던 눈삼태기를 탁 놓치였다. 그러자 누구인지

"이걸 좀 봐라."

하는 어른의 호령소리가 바로 자기 머리우에서 들리였다. 고개를 쳐들고 보니까 교장어른이 아침 일찌기 어디를 다녀오시다가 발등에다가 눈을 하나 잔뜩 덮어씌우고 역증나신 얼굴로 자기를 내려다 보고계신다.

진태는 그만 얼굴이 홧홧하여졌다•. 그리고 아무 말도 못하고 그

• **직분** 마땅히 하여야 할 본분.
• **홧홧하여졌다** 달듯이 뜨거워졌다.

대로 멀거니 서있었다. 그는 무엇으로 그 미안한것을 풀어야 좋을지 알지 못하였다. 그러다가 하얀 새 버선에 검은 흙이 섞인 눈이 묻어있는것을 보고서 자기의 손으로 그것을 털어드리면 얼마간 자기의 죄가 용서되리라 생각하며 허리를 구부려 두손으로 그 버선등을 털어드리려 하였다. 그러나 교장은 한발을 탁 구르더니 "그만두어라. 더 더럽는다." 하고서 "엥" 하며 안으로 들어갔다. 진태는 무참하였다. 손에는 어제 저녁에 습자쓰다가 묻은 먹이 꺼멓게 묻어있다. 털어드리면 잘못을 용서하실줄 알았더니 더 더러워진다 핀잔을 주고 역증을 더 내는것 같다. 그래서 그는 어떻게 해야 좋을지 알지 못하여 그대로 멀거니 서있었다. 무참을 당하여 얼굴고 홧홧하고 두손에서는 불이 난다.

그래서 그는 안으로 들어가지 못하고 행랑 자기 방으로 들어가다가 안마루끝에서 주인마님이

"아 그 애녀석도 눈이 없든가? 왜 앞을 보지 못해?"

하는 소리를 듣고서는 쥐구멍으로라도 들어가버리고싶도록 온몸이 움츠러졌다. 그리고는 어머니가

"이 망할 녀석, 눈깔은 어따 팔아먹고 다니느냐?"

하며 뒤따라오며 때리려 덤벼드는것 같아서 질겁을 하여 방안으로 들어갔다.

아니나다를까 조금 있더니 어머니가 쫓아나왔다.

"이 망할 녀석, 눈깔이 없니? 나리님 새 버선에다가 그것이 무엇이냐? 왜 그렇게 질뚱바리°냐. 사람의 자식이."

• **질뚱바리** 행동이 느리고 소견이 꼭 막힌 사람을 낮잡아 이르는 말.

어머니는 이렇게 말하고 다시 안으로 들어갔다.

진태는 간이 콩알만 하게 무서운것은 둘째쳐놓고 웬일인지 분한 생각이 났다. 아무리 생각을 하여도 자기 잘못 같지는 않았다.

자기가 눈삼태기를 들고 가는데 교장어른이 딴생각을 하면서 오시다가 닥달린것이지● 자기가 한눈을 팔다가 그러한것은 아니다.

생각할수록 억울하고 분하였다. 그렇다고 어디 가서 호소할데도 없었고 분풀이할 곳도 없었다.

그가 방바닥에 한참 엎드려서 느껴가면서 울고있을 때 방문이 털썩 열리였다.

"얘, 일어나거라. 이것아."

하는 아버지의 성난 얼굴이 엎드린 속으로 보인다. 그는 그러나 벌떡 일어나지는 못하였다. 자기 눈가장자리에는 눈물이 묻었다. 그 눈물을 보면 반드시 그 우는 곡절을 물을터이다. 그 대답을 하면 결국은 벼락이 내릴터이다. 그래서 일어나지도 못하고 그대로 있지도 못하고 그의 가슴은 초조하였다.

두발이 성큼 방안으로 들어오는듯 하더니 무쇠갈구리같은 손이 저고리동정을 움켜쥐여 번쩍 쳐들었다. 그는 쇠관에 매달린 소고기모양으로 바짝 들리였다.

"울기는 왜 우니?"

하는 그의 아버지도 자식 우는것을 볼 때 어떻든 그 눈물을 동정하는 감정이 일어나는지 목소리가 조금 낮아지며 또 웃음이 섞이였으니 그것은 그 눈물나는 마음을 위로하려는 본능이다. 그런데 문밖

● **닥달린것이지** 부딪치게 된 것이지.

으로 나갔던 아버지가 다시 들어오며

"울긴 왜 울어, 삼태기는 어쨌니? 응 삼태기?"

하며 안팎으로 들락날락한다. 그 서슬에 안마루에 서있던 마님이 미안한 생각이 났던지

"아까 눈인가 무엇인가 친다고 나리님발등에다가 눈을 쏟아뜨렸다네. 그래서 어멈이 말마디나 한것인게지."

하고 설명한다.

아버지의 생각에는 주인나리의 발등에 눈 엎은것은 오히려 둘째이다.

삼태기 하나 잃어버린것이 자기 자식을 쳐죽이고싶도록 아깝고 분하고 망할 자식이라 생각되였다.

"이놈아, 그래 눈깔이 없어서 나리님버선에다가 눈을 디리부어놓고 또 무엇에 마음이 팔려서 삼태기는 밖에다가 놓아두어 잃어버리게 했니? 응 이 집안망할 자식!"

하고 소리친다.

아버지의 손이 자기 아들 볼기짝, 등어리, 넙적다리 할것없이 때릴 때마다 여린 살에는 푸르게 멍이 들고 피가 맺힌다.

그러할 때마다 아버지의 목소리는 더 한층 높아지고 떨리고 슬픔과 호소가 엉키였다. 그는 자기 아들을 때릴 때마다 눈앞에서 자기 손에 매달려 애걸하는 자기 아들이 보이지 않고 안방아래목에 앉아있는 주인나리가 보인다. 그리고는 자기 아들을 때리는것 같지 않고 자기 주인나리를 욕하고 원망하고 주먹질하고있는듯싶었다.

"이젠 고만 좀 두."

하며 어머니는 자식을 가로챘다. 그래가지고는 다시 자기 아들을

끼여안았다.

  그날 해가 세시나 넘어 네시가 되였다. 진태는 학교에 다녀왔다. 앞대문을 들어오려다가 보니까 새로 삼태기 하나를 사다놓았다. 싸리나무로 얽은 누렇고 붉은 삼태기를 볼 때 그의 매맞은 자리가 다시 아프고 얼얼하다.
  퇴마루에 걸터앉으니까 어머니는 상에다 밥을 차려가지고 방으로 들어오라고 부른다. 방안에는 모닥불이 재만 남았는데 인두 하나가 꽂히여있고 또는 다 삭은 화젓가락*과 부삽 하나가 꽂혀있다.
  어머니는 누데기천에다가 작년에 낳은 어린애를 안고서 젖을 먹인다.
  진태는 그 동생을 볼 때 말없이 귀여웠다. 그래서 손가락으로 볼따구니도 건드려보고 엇구엇구 혀바닥소리를 내여서 얼려보기도 하였다.
  어린애는 벙싯 웃었다. 그리고는 젖꼭지를 쑥 빼고서 진태를 돌아다보았다.
  어머니는 침착한 얼굴로 어린애의 손가락만 만지고있더니 "옛다." 하고 어린애를 내밀면서
  "좀 업어주어라."
하고서 어린애를 곤두세운다.
  그러자 진태는
  "밥도 안 먹고?"

• **화젓가락** 부젓가락. 화로에 꽂아 두고 불덩이를 집거나 불을 헤치는 데 쓰는 쇠로 만든 젓가락.

하고 밥을 얼른 먹고서 어린애를 업겠다고 하였다.

그러나 진태의 집은 아직 밥을 짓지 않았다.

어머니는 안에 들어가 밥을 지으려 하기는 해도 저의 먹을 밥은 지으려 하지 않는다.

진태는 어머니가 안으로 들어간 후 어린애를 업고서 방안을 왔다갔다하면서 밥을 짓지 않으니 아마 쌀이 없나보다 생각하였다. 그리고는 아버지가 얼른 돌아와야 할것이라 생각하였다.

진태는 뚫어진 창틈으로 바깥을 내다보면서 아버지가 혼자 인력거를 끌어서 쌀 살 돈을 가지고 오지나 않나 하고서 고대하였다.

그래도 미심다워서 진태는 쌀 넣어두는 항아리를 들여다보았다. 그리고 섭섭한 마음으로 방안을 왔다갔다하였다.

어린애는 등에서 꼼지락꼼지락하고 두발을 비빈다.

진태는 "오늘도 또 밥을 하지 못하는구나." 하고서 펄럭펄럭하는 문을 열고 쪽마루로 내려왔다.

내려와서는 냄비가 걸려있는 아궁밑을 보았다.

거기에는 타다남은 푼거리● 장작이 두어개 재속에 남아있다.

그는 다시 장작을 갖다놓아두는 부엌구석을 보았다.

거기에는 부스레기 나무도 없다.

바람이 불어서 쓸쓸한 행랑에 씻은듯 한 살림살이를 핥고 지나가고 어슴푸레하게 어두워가는 저녁날은 저녁 못 지을것을 생각하고 섭섭한 감정을 머금은 진태의 어린 마음을 눈물나게 한다.

조금 있다가 어머니는 허둥지둥 나왔다. 아마 부엌에 불을 지피고

● 푼거리 땔나무나 물건 따위를 몇 푼어치씩 팔고 사는 일. 또는 그 땔나무나 물건.

나온 모양이다. 진태의 눈에는 아궁이에서 타나오는 장작불을 한발로 툭툭 차넣던 어머니의 짚세기발이 보인다.

어머니는 나오면서 등에 업힌 어린애를 보더니 "에그 추워! 저런 무엇을 좀 씌워주려무나?" 하고서 "남바위● 어쨌니? 손이 다 나왔구나." 하더니 방으로 들어가 진태가 어릴 때 쓰던것이니까 10년이나 되는 남바위를 들고나온다. 털은 다 떨어지고 비단은 다 삭았다.

그것을 어린애에게 씌워주고 어머니는 다시 문밖을 내다보고 한오분이나 서있었다. 진태도 그 서있는 의미를 짐작하였다.

아버지 돌아오기를 기다리는것이다.

그러다가 어머니는 갑자기 깜짝 놀래며 다시 안으로 들어가려고 돌아섰다. 그때 진태는 "저녁하지 않우?" 하면서 어머니 뒤를 따라 들어갔다. 어머니는 화가 나고 초조하던판에

"밥도 쌀이 있고 나무가 있어야지."

하고 소리를 꽥 지른다.

진태의 잔등에 업혀있던 어린애가 깜짝 놀래며 "와" 운다.

진태는 어린애를 주춤주춤 추슬려 달래면서 아무 말 못하고 섰었다.

어머니는 다시 안으로 들어갔다. 진태도 따라 들어갔다. 그리고는 부엌앞에서 불을 넣고 앉았었다.

날이 어둡고 전기불이 켜졌으나 밥을 하지 못하였다.

그리고 아버지도 아직 돌아오지를 않는다. 진태 어머니는 주인집

● **남바위** 추위를 막기 위하여 머리에 쓰는 쓰개.

에 상을 차려드리고 바깥으로 나오려고 하니까 마님이
"어멈, 오늘 저녁을 하였나?"
하고 묻는다.
어머니는 조금 주저주저하다가
"먹을것 있어요."
하고서 부끄러운 웃음을 지었다.
마님은 벌써 알아차리고
"그래서 되겠나? 어린것들이 치워서 견디겠나. 자, 이것이나…"
하면서 먹다남은 여러 그릇의 밥을 한데 모은다. 그리고는
"그놈도 들어오라구 그래. 불도 안 땐 모양이지?! 추워서들 견디겠나. 어른은 괜찮겠지만 어린애들이… 어서 그놈도 들어오라구 해."
하며 어머니를 쳐다본다. 어머니는 다행히 여겨 바깥으로 나오며
"얘 진태야!"
하고 진태를 부른다.
"왜 그러세요."
"마님이 밥먹으러 들어오라신다."
진태의 얼굴은 당장에 새빨개지더니
"왜 아버지 들어오시거든 밥을 지어먹지."
한다.
"어디 들어오시니."
"언제든지 들어오시겠지."
"들어가. 부르시니."
진태는 "싫어요." 하고 돌아섰다. 진태의 마음에는 아까 아침에 나리의 버선등을 더럽힌것을 생각하며 마님의 낯을 뵈옵기도 어려

왔거니와 아무것도 잘못한것이 없는데 아버지에게 매를 맞게 한것이 분하기도 하였다. 그런데다가 안방에는 자기와 동갑되는 교장의 딸이 자기와 같은 학교 녀자부에 다니는데 그 계집애 보기에도 의젓하지 못한것 같았다.

"얘 나중에는 별 소리를 다 듣겠네. 어서 들어가자."

어머니는 재촉을 한다.

"어서 들어가."

진태는 심술궂게

"싫어요. 나는 밥 얻어먹으러 들어가기는 싫어요."

하고 이불을 뒤집어쓰고 아무 말이 없다.

"고만두어라. 너 배고프지 나 배고프겠니?"

하고 어머니는 그대로 안으로 들어가려 하는데 "에 추워!" 하면서 들어오는 사람은 진태의 아버지이다. 벌이가 없어 빈손으로 들어온 아버지의 얼굴에는 시장기가 가득히 어리였다.

어머니가 진태를 주려고 국에다 말은 밥을 내놓으니까

"그게 무엇이야?"

하고 아버지는 숟가락으로 뒤번 떠먹어보더니

"너 저녁 먹었니?"

하고 진태를 돌아본다. 진태는 말을 할수도 없거니와 그가 말하기도 전에 어머니가 책망도 하고 원망도 하는듯이 흘겨보았다.

....

30분쯤 지났다. 문밖에서 어머니가 "진태야! 진태야!" 하고 부른다.

"네." 하고 진태는 바깥으로 나갔다.

"저" 하고 어머니는 헝겊에 싼것을 풀더니

"이것 가지고 전당국●에 가서 70전이나 80전만 달래가지고 싸전●에 가 쌀 닷굽과 나무 열냥어치만 사가지고 오너라."
한다.

진태는 얼른 알아채였다. 옳지, 은비녀로구나. 자기 집안에 값진 것이라고는 어머니 시집올 때 가지고 온 은비녀 하나 하고 굵다란 은가락지뿐이다.

진태는 그것을 받아들었다. 그리고는 전당국을 향하였다.

....

사무보는이는 아무 말없이 그것을 받아들더니 저울에 달아본다. 진태는 속마음으로 만일 저것을 잡지 않으면 어떻게 하나? 나쁜것이라고 퇴짜를 하며는 어떻게 하나 하고있을때 "얼마나 쓰련?" 하고 돈을 묻는다. 그는 겨우 안심을 하고 돈을 말하려다가 자기가 부르는 돈보다 적게 주면 어떻게 하나 하고서 도리여 그이더러 "얼마나 나가요?" 하고 물었다.

그는 한참 있더니 "일원이다." 한다. 그러면 어머니가 얻어오라는 것보다는 삼십전이 더하다. 그는 겨우 안심하고 "칠십전 주세요." 하였다.

전당표와 돈을 받아들었다. 이제는 싸전으로 갈 차례이다. 석되나 닷되나 한말 쌀을 사는것은 오히려 자랑거리지마는 닷굽을 사기가 참으로 부끄럽다. 구차한것이 죄악이 아니지마는 진태에게는 죄지은것처럼 부끄럽다. 그는 싸전에 가서 종이봉지에 쌀 닷굽을 싸

● **전당국** 전당포. 물건을 잡고 돈을 빌려주어 이익을 취하는 곳.
● **싸전** 쌀과 그 밖의 곡식을 파는 가게.

들었다. 싸전쟁이는

"왜 전대*를 가지고 오지 않았어?"

하고 꽥 소리를 한번 지르더니 딴 사람의 쌀을 다 퍼주고야 종이봉지 하나가 아까운듯이 가까스로 닷곱 한되를 퍼주었다.

 돈을 주고 나왔다. 쌀든 손은 얼어서 떨어지는듯 하다. 한손으로 귀를 녹이고 또 한손으로는 번갈아가며 쌀봉지를 들었다.

 이번에는 나무가게로 갈 차례이다. 나무가게로 갔다. 20전어치를 묶었다. 그것을 새끼에다 질빵*을 지어서 둘러메고 쌀은 여전히 옆에다 끼였다. 행길로 고개를 숙이고 가다가 어깨가 아프고 손, 발, 귀가 시리여서 잠간 쉬였다. 그런데 저쪽을 보니까 자기 집 들어가는 골목을 조금 못 미쳐서 학교선생님 한분이 오신다. 진태는 얼핏 일어났다. 그리고 선생님이 골목까지 오시기 전에 먼저 그 골목으로 들어가야 하겠다 하고 생각하였다. 그리고는 줄달음질하였다. 선생님은 아무것도 둘러메시였을리가 없으므로 걸음이 속하시였다. 자기는 힘에 닿지 않는것을 둘러메여 걸음이 더디다. 거진 선생님과 맞다들리게* 되였다. 그래서 앞도 보지 않고 골목으로 뛰여들어가다가 거기서 나오는 사람과 마주쳤다. 그는 "에크!" 하면서 손에 들었던 쌀이 모두 흩어지고 나무는 어깨에 멘채 나가자빠졌다.

"이 망할 집 자식, 눈깔이 없니?"

하고 들여다보는 그이는 자기 아버지이다. 진태는 그래도 뒤를 돌아다보았다. 벌써 선생님은 본체만체 지나가버리시였다.

● **전대** 돈이나 물건을 넣어 허리에 매거나 어깨에 두르기 편하도록 만든 자루.
● **질빵** 짐 따위를 질 수 있도록 어떤 물건 따위에 연결한 줄.
● **맞다들리게** 정면으로 마주치거나 직접 부딪치게.

"이 망할 자식아, 쌀을 이렇게 흘려서 어떻게 해?"

하며 아버지는 손으로 껌껌한데서 그것을 쓸어서 바지앞에다 담는다.

진태는 멍멍히 서있다가 아버지에게 끌려서 집으로 들어갔다.

집에 들어가니까 어머니가 얼마나 받았으며 얼마나 썼으며 얼마나 남았느냐고 묻는다. 진태는 그 소리를 듣고서 전당표를 주었다.

그리고는 자세한 이야기를 하였다.

그러나 어머니는 처음 진태의 잘못을 가릴 사이가 없었다.

유일한 보물을 전당 잡혀서 사온 쌀까지 땅에다 모두 엎질러버린 것을 생각하니 그대로 있을수 없으리만치 아깝고 분했다. 그래서

"이 망할 녀석, 먹으라는 밥을 먹지 않아서… 밥이나 먹고 자라고 하겠더니…"

하고서 주먹을 들고 덤벼들며 "어디 좀 맞아보아라!" 하고 또다시 덤벼든다.

진태는 아무것도 변명하지 않았다. 그러나 하루에 두번씩 매를 맞게 되니까 그 무엇이 원망스럽고 또 무엇을 저주하고싶었으나 그것이 무엇인지 알지 못하였다. 그래서 그는 한참 얻어맞고 혼자 울었다. 그를 위해주는 사람 하나 없고 쓰다듬어주는 사람 하나 없었다.

그는 방구석에 틀어박혀서 한참 울다가 그대로 잠이 들었다. 꿈에는 억울한 꿈을 꾸었다.

 활동하기

❶ 다음은 이 소설의 사건을 순서대로 나열한 것입니다. 빈칸에 들어갈 말을 적으며 내용을 파악해 보세요.

> 눈이 많이 온 아침에 삼태기에 눈을 쓸어 담아 버리러 가는 중 ① _____ 와/과 부딪힘.

→ 주인마님과 어머니에게 혼나고 ② _____ 마음에 울고 있는데, 아버지가 들어와 ③ _____이/가 없어진 것을 알고 진태를 사정없이 때림.

↓

> 진태네는 쌀이 없어 밥을 하지 못하였고 주인집에서 먹다 남은 밥을 먹이려는 어머니에게 ④ _____(라)고 함.

→ 진태가 어머니의 ⑤ _____을/를 팔아 쌀과 나무를 사 오는 길에 아버지와 부딪혀 넘어지며 ⑥ _____.

↓

> 어머니에게 또 얻어맞고 위로해 주는 사람 하나 없이 울다 잠든 진태는 ⑦ _____.

❷ 다음 밑줄 친 부분에 나타난 아버지와 어머니의 복합적인 심정을 파악해 봅시다.

> 그는 자기 아들을 때릴 때마다 눈앞에서 자기 손에 매달려 애걸하는 자기 아들이 보이지 않고 안방아래목에 앉아 있는 주인나리가 보인다. 그리고는 <u>자기 아들을 때리는것 같지 않고 자기 주인나리를 욕하고 원망하고 주먹질하고 있는듯싶었다.</u>

아버지의 심정:

> 아버지는 숟가락으로 뒤번 떠먹어보더니
> "너 저녁 먹었니?"
> 하고 진태를 돌아본다. 진태는 말을 할수도 없거니와 그가 말하기도 전에 <u>어머니가 책망도 하고 원망도 하는듯이 흘겨보았다.</u> …… 어머니는 헝겊에 쌋것을 풀더니 / <u>"이것 가지고 전당국에 가서 70전이나 80전만 달래가지고 싸전에 가 쌀 닷곱과 나무 열냥어치만 사가지고 오너라."</u> / 한다.

어머니의 심정: 진태가 밥을 안 먹은 것을 책망하는 듯한 눈길이지만, 쌀을 사 오라고 시키는 것으로 보아 밥을 못 먹은 아들에게 안쓰러운 마음이다.

192 중학교 소설 읽기

❸ 진태에게 하루 동안 일어났던 일을 떠올리며 진태가 듣고 싶었던 말, 진태가 하고 싶었던 말은 무엇일지 추측해서 써 봅시다.

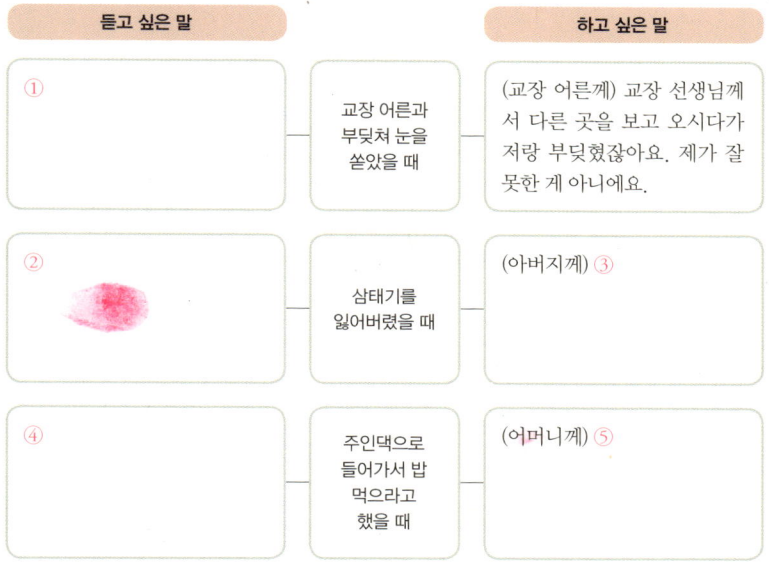

듣고 싶은 말		하고 싶은 말
①	교장 어른과 부딪쳐 눈을 쏟았을 때	(교장 어른께) 교장 선생님께서 다른 곳을 보고 오시다가 저랑 부딪혔잖아요. 제가 잘못한 게 아니에요.
②	삼태기를 잃어버렸을 때	(아버지께) ③
④	주인댁으로 들어가서 밥 먹으라고 했을 때	(어머니께) ⑤

📖 북한 교과서 활동 보기

❹ 주인공 진태의 모습을 밝혀봅시다.

(1) 주인공 진태가 왜 행랑자식으로 불리우게 되였는가를 생각해봅시다.

(2) 주인집에서 집에 들어와 밥을 먹으라고 하였을 때 진태는 왜 싫다고 하였는가 생각해봅시다.

(3) 우의 내용들을 종합하여 진태는 어떤 소년인가를 밝혀봅시다.

 작품 해설

어느 가난하고 서러운 날의 눈물

「행랑 자식」은 우리나라가 분단되기 이전인 1923년에 발표되었으니 북한의 소설은 아닙니다. 그런데 이 작품은 북한의 교과서에 실려 있고, 남한에서도 쉽게 찾아볼 수 있습니다. 남한과 북한의 청소년들이 함께 읽는 소설이라는 점에서 특별한 의미를 발견할 수 있는 작품인 것이지요.

이 소설은 주인공 진태가 하루 동안 겪은 일을 그리고 있어요. 진태는 아침에 눈을 치우다가 주인어른과 부딪혀 혼나고, 억울하여 눈물을 흘리다 아버지에게도 맞습니다. 저녁에 어머니의 은비녀를 팔아 쌀과 나무를 사 오는 길에서는, 달리다가 아버지와 부딪혀 쌀을 모두 엎질러 버립니다. 어머니에게 또 혼나고 맞고 울다가 잠이 든 후에는 억울한 꿈을 꿉니다.

하루 내내 굶주리고 두 번이나 매를 맞은 진태는 이 날만 재수가 없었던 것일까요? 남의 집 행랑에 살고, 아버지는 돈을 못 버는 인력거꾼이며, 쌀이 없어 밥도 못 짓는 것을 보면 진태네가 얼마나 가난한지 알 수 있습니다. 일제의 극심한 수탈로 농사짓기가 힘들어진 사람들은 도시로 가서 진태 아버지와 같은 노동자가 되는데요. 농촌에서나 도시에서나 아무리 열심히 일해도 가난을 벗을 수 없는 것이 당시 대부분 민중들의 삶이었습니다.

작가는 이러한 가난의 설움과, 가진 자들의 횡포에 대한 분노를 진태의 눈물을 통해 드러내려고 했을지도 모릅니다. 진태가 울다 잠드는 것으로 끝나는 이 소설의 결말은 읽는 이의 가슴을 무척이나 아프게 하지요. 이 시기 하층민의 삶을 그려 낸 소설은 많지만 청소년을 주인공으로 하여 그들의 생활상을 보여 주는 소설은 매우 적다는 점에서 이 작품의 또 다른 의미도 발견할 수 있습니다. 과거의 고단한 역사를 아는 일은 미래의 삶을 정의롭게 밝히는 등불이 되기도 합니다. 이것이 진태의 짧고도 긴 하루를 눈여겨보며 그 아픔에 우리가 관심을 가져야 하는 이유입니다.

엮어 읽기

최시한·최배은 엮음, 『쓸쓸한 밤길』

이 책에는 1920~30년대의 대표적인 청소년 소설이 여러 편 실려 있습니다. 표제작인 「쓸쓸한 밤길」은 부모를 잃은 소년이 친척 어른의 나쁜 짓 때문에 집과 재산을 모두 빼앗긴 채 집을 나오는 이야기입니다. 「행랑 자식」에 나타나는 진태의 삶의 모습을 당대의 여러 청소년의 모습과 비교하며 읽어 볼 수 있습니다.

작품 출처

- 박완서, 「달걀은 달걀로 갚으렴」: 『자전거 도둑』, 다림(1999)
- 현진건, 「운수 좋은 날」: 『운수 좋은 날』, 문학과지성사(2008)
- 성석제, 「내가 그린 히말라야시다 그림」: 『내가 그린 히말라야시다 그림』, 창비(2017)
- 김려령, 「완득이」: 『완득이』, 창비(2008)
- 작자 미상 / 신동흔 풀이, 「흥부전_이 박을 타거들랑 밥 한 통만 나오너라」: 『흥부전_이 박을 타거들랑 밥 한 통만 나오너라』, 휴머니스트(2013)
- 박지원 / 박희병·정길수 옮김, 「양반전」: 『세상을 흘겨보며 한번 웃다』, 돌베개(2010)

교과서 밖 소설
- 엘비라 린도 / 김수진 옮김, 「돌이킬 수 없는 실수」: 『국어 시간에 세계 단편 소설 읽기 1』, 휴머니스트(2012)
- 박경희, 「류명성 통일빵집」: 『류명성 통일빵집』, 뜨인돌(2013)

북한 교과서 소설
- 라도향, 「행랑 자식」: 『초급중학교 국어 2』, 북한, 교육도서출판사(2014)

작품 수록 교과서

- 박완서, 「달걀은 달걀로 갚으렴」: 미래엔 2-2
- 현진건, 「운수 좋은 날」: 천재교육(노미숙) 2-2, 금성출판사 2-2
- 성석제, 「내가 그린 히말라야시다 그림」: 미래엔 2-1, 지학사 2-2
- 김려령, 「완득이」: 천재교육(노미숙) 2-2
- 작자 미상 / 신동흔 풀이, 「흥부전_이 박을 타거들랑 밥 한 통만 나오너라」: 미래엔 2-2, 천재교육(노미숙) 2-2
- 박지원 / 박희병·정길수 옮김, 「양반전」: 지학사 2-1, 천재교육(박영목) 2-1, 동아출판 2-2, 천재교육(노미숙) 2-2